Heinrich Voosen

Das Mauerblümchen

Die gescheiterte Entführung

Autor

Heinrich Voosen

Umschlagsgestaltung: Heinrich Voosen

Verlag: tredition GmbH, Hamburg

ISBN: 978–3-8495-8118-3

Printed in Germany

Bibliografische Informationen der Deutschen Nationalbibliothek: Die Deutsche Nationalbibliothek verzeichnet diese Publikation in der Deutschen Nationalbibliografie; detaillierte bibliografische Daten sind im Internet über: http: // dnb.d-nb.de abrufbar.

PROLOG

Karin Laroche wuchs in einem kleinen Dörfchen, im Südwesten Frankreichs auf. Sie war der Stolz ihrer Eltern, ihr Ein und Alles. Schon frühzeitig vermutete man, dass sie überdurchschnittlich begabt sein könnte. Und diese Vermutung bestätigte sich bereits im Grundschulalter. Mit ihren Altersgenossen draußen zu tollen, war eine Seltenheit und Nebensache. Lesen, schreiben, Bücher durchblättern und mit der Mutter in der Küche zu experimentieren, waren ihre Hauptbeschäftigungen.

Die Mittelschule bewältigte sie als Beste ihrer Klasse. Doch ab dann reichten die Möglichkeiten der betagten Eltern nicht mehr aus, höhere Studien zu finanzieren. Es schien, als müsste das Abitur den Gipfel ihrer Leistungen und ihres Talentes darstellen. Die Aussichten auf aufragendere Ausbildung waren eher gering. Aller Rückschläge und Absagen zum Trotz hatte sie immer noch ihr Ziel vor Augen: „Die Forschung".

Endlich kam dann doch noch eine erfreulichere Nachricht. Ein Analyselaboratorium bat sie zu einem Vorstellungsgespräch. Gewiss war dies noch nicht der Durchbruch, dennoch war es zumindest eine hoffnungsvolle Einladung.

Karin bemühte sich, den bestmöglichen Eindruck zu hinterlassen. Und mit Erfolg.

Man bot ihr an, einen Monat lang als Aushilfe einzusteigen. Dieser Zeitraum würde ihr dann gleichzeitig als Probezeit angerechnet. Sollte sie den Anforderungen des Hauses gerecht werden, könnte sie als fest angestellte Mitarbeiterin unter Vertrag genommen werden.

Bereits nach einigen Tagen bemerkte man, dass sie besonders aufmerksam war, eine Aufgabe auf Anhieb verstand und auch artgerecht ausführte. Außerdem schätzte die gesamte Belegschaft ihr angenehmes und freundliches Verhalten.

Als dann ihre Probezeit dem Ende zu ging, wurde sie eines Tages unerwartet zum Personalchef gerufen. Sie hatte sich bereits darauf vorbereitet, dass man ihr sowieso bald das Finale ihrer Zusammenarbeit unterbreiten würde. Doch die Unterhaltung nahm eine ganz andere Wendung. Eines wurde ihr gleich klar, man dachte nicht einmal daran, sie zu entlassen. Die Fragen, wieso und aus welchem Grunde sie nicht Höheres anstreben möchte. Wie sie sich ihre Zukunft vorgestellt habe, ließ sie vermuten, dass jemand mit ihrem Vorgesetzten über ihre Probleme gesprochen haben könnte.

Zum Schluss der Unterhaltung meinte der Personalchef, sie solle sich doch überlegen, gegen einen angemessenen Lohn noch weiterhin im Labor zu arbeiten und das Studium wieder aufzunehmen. Man würde ihr zuvorkommen, was die Arbeitszeiten anginge und sie zusätzlich, wenn notwendig, auch finanziell unterstützen.

Ab nun ging es für Karin Laroche wieder langsam aufwärts und einige Jahre später hatte sie es geschafft.

Seit drei Jahren arbeitete sie nun bereits in einem hochrangigen Forschungsinstitut in Paris und auch dort machte sie ihrem Namen alle Ehre. Freilich hatte sie ihr persönliches Ziel erreicht, doch ahnte sie nicht, dass dies noch nicht, der Höhepunkt ihrer Karriere sein würde. Von höherer Instanz wurde sie noch in ein unvorhersehbares Abenteuer gedrängt, aus welchem sie nur dank ihrer Willenskraft, aber auch vom Glück im Unglück begleitet, letztendlich noch ehrenvoller heimkehrte.

1

Es war noch dunkel, als sich der Radiowecker in Karins Schlafzimmer einschaltete. Die Leuchtziffern zeigten sechs Uhr an. Draußen war es, während der Nacht, bereits herbstlich kühl geworden.

Währendem der Nachrichtensprecher die ersten Neuigkeiten des Tages berichtete, stieg Karin aus den Laken und verschwand schlurfend, noch ein wenig benommen, im Bad.

Seitdem sie eine Wohnung in einem kleinen Vorort von Paris bezogen hatte, musste sie zwar früher aus den Federn. Jedoch dies und die tägliche Reise mit Bahn und U-Bahn nahm sie gerne in Kauf. Sie hatte den Lärm und das teuere Kämmerlein der Großstadt satt. Sie war nun mal kein Stadtmensch, sie war ein Mädel vom Land und war es auch geblieben. Trotz ihres Berufes und ihrer sozialen Stellung hatten sich ihr schlichtes Auftreten und ihre Art sich zu kleiden kaum geändert.

Ihr immerwährendes freundliches Auftreten und ihre Geselligkeit hatten sie beliebt gemacht im Kreise ihrer Mitarbeiter. Manchmal versuchte sie es zumindest, irgendwie die weiblichen Züge ihrer Kolleginnen nachzuahmen, doch meistens vergriff sie sich, mehr oder weniger, in der Dosierung und den Farbkombinationen. Sogleich boten die immer perfekt gestylten Mädels der Rezeption ihre Hilfe an und während der nächsten Pause wurde dann, an Karin herumgefummelt, was das Zeug hielt. Sie war immer bereit für ein Späßchen und sie versuchte auch, die Ratschläge ihrer Freundinnen weiterhin in die Tat umzusetzen. So war ihre moralische Einstellung.

Sie war physisch eine ganz gewöhnliche, dreißigjährige junge Frau mit einem stattlichen Einkommen geworden. Sie hatte nun auch die finanzielle Möglichkeit ihre Eltern zu unterstützen. Alle ihre freien Tage, und sei es auch nur für ein Wochenende gewesen, verbrachte sie in ihrem Heimatdörfchen dort unten im Suden Frankreichs.

In einer, dieser modernen Hochbauten, im bekannten Stadtviertel, „la Défense", im Norden von Paris, war sie bereits seit einiger Zeit angestellt. Ein weltweit aktiver Konzern hatte dort seine Niederlassung. Nicht nur dessen Büros waren dort eingerichtet, es befanden sich in diesem Gebäude einige Räumlichkeiten, die für die meisten der Angestellten tabu waren. Nur wenige Befugte hatten dort Zutritt und dies nur mit deren persönlicher Chipkarte. Die Mehrzahl der Berufstätigen wussten nicht einmal, was sich hinter diesen Türen verbarg und was sich dort abspielte.

Eine dieser, nach strengen Kriterien Auserwählte, war Karin Laroche.

Es genügte einen Blick in die riesige Empfangshalle zu werfen, um zu ahnen, dass man sich im Eingangsbereich einer eher außergewöhnlichen Einrichtung befand.

Eine Art thermische Schleuse trennte den Innenraum von der Außenwelt. Man befand sich augenblicklich in einem Tropen artigen Ambiente, fast wie in einer andern Welt.

Hier und da ragten gewaltige Gewächse bis zur Decke. Der Fußboden war mit molligem, farblich passendem Belag ausgestattet und höchst komfortable Sitzgelegenheiten fand man diskret im satten grün der Pflanzen aufgestellt. Ein zarter Duft von freier Natur und perfekt abgestimmte Beleuchtung hüllten den Bereich in eine Atmosphäre des Wohlgefühls.

Diese Räumlichkeit wurde nur selten von auswärtigen Personen in Anspruch genommen, meist waren es eher Persönlichkeiten, welche auf eine oder die andere Weise, mit dem Konzern in Verbindung standen. Manchmal waren es auch interne, leitende Personen, die sich nur zu einer kurzen, diskreten Besprechung aus den Büros zurückzogen.

Gleich neben dem Eingang, teilweise abgetrennt durch eine Glaswand, befand sich das Reich der Hostessen. Vier hübsche junge Damen, in blau, weiß, roten Uniformen, waren dort ständig im Einsatz. Zwei von ihnen überwachten, Monitore und Telefonzentrale. Die beiden Andern hantierten hier und da in ihrem Bereich hinter der Glaswand oder im Empfangsraum.

Mit etwas Abstand betrachtet, hatte man den Eindruck, dass die Eine oder die Andre Selbstgespräche führte. Doch bei genauerem Hinsehen bemerkte man, dass sie mit fast unsichtbaren, Freisprechanlagen ausgestattet waren.

Bereits in diesen Räumlichkeiten bemerkte man die ausgeklügelten Sicherheitsvorkehrungen. Wenn man auch einige Überwachungskameras auf den ersten Blick erkennen konnte, so war das Unsichtbare viel imposanter. Ohne Anmeldung war in der Empfangshalle bereits Endstation. Die Türen der Lifte und die Eingänge zu den Treppen konnten nur mit Codenummer oder vom Pult der Hostessen freigeschaltet werden.

Von der U-Bahn-Station hatte Karin nur noch kaum eine Minute Fußmarsch bis zum Gebäude der „Intermetal".

Im Inneren angekommen löste sie ihren Wollschal, begrüßte kurz ihre Freundinnen an der Rezeption und schritt dann eiligst in Richtung Lift. Scheinbar war sie etwas verspätet an jenem Morgen.

Die Mädels sahen ihr mit einem Grinsen in den Zügen nach, als sie im Lift verschwand.

„Unsere liebe Karin hat allem Anschein nach, schon wieder, Lippenstift und Puderdose verwechselt!"

„Was du nicht sagst!"

„Sie bekommt das einfach nicht hin."

„Na schön, dann müssen wir eben die Lektion noch mal mit ihr durchgehen."

Eiligen Schrittes lief sie durch einen langen, menschenleeren Flur. Auch hier bemerkte man gleich einige prächtige, genial beleuchtete Grünpflanzen. Hinter den verschlossenen Türen, beiderseits, vernahm man Stimmen im Vorbeigehen, wenn auch nur sehr gedämpft.

Vor eine dieser Türen, mit der Aufschrift, „LABORATOIRE DE RECHERCHE", verharrte sie einen Augenblick und lauschte, bevor sie eintrat.

Dort fand sie, wie jeden Morgen, einen ausgedehnten Raum, gespickt mit Maschinen und komplexen Geräten. Auch ihre beide männlichen Kollegen, Bernard Petit und Jean-Luc Leroy, waren bereits anwesend.

Es schien nun doch klar, dass diese eher schlicht und irgendwie sogar naiv aussehende junge Dame, um dort beschäftigt zu sein, einem bestimmten intellektuellen Kreise angehören musste.

Man begrüßte sich herzlichst, wie jeden Morgen und indem, Karin ihre Handschuhe abstreifte, ihren Mantel gegen einen weißen Kittel austauschte, sagte sie.

„Es tut mir leid, Jungs, aber mein Zug, hatte einpaar Minuten Verspätung!"

„Macht nix, Karin ..., uns ist das egal. Was meinst du, Bernard?"

„Och ja ..., wir fühlen uns nur besser, wenn du da bist."

„Dem Glatzkopf da nebenan, dem gefällt das natürlich nicht so besonders, denk ich mal." Meinte Jean-Luc.

Die beiden Kolegen, waren zwei ganz verschiedene Typen. Jean-Luc ließ sich nicht leicht einschüchtern und fand immer und auf alles, eine passende oder zweideutige Antwort. Bernard hingegen war eher der ruhige, Allesschlucker ohne Widerrede.

Karin hatte an ihrem Rechner platz genommen, als Jean-Luc sich näherte.

„Sei mir nicht böse, Karin, aber ..., meiner Ansicht nach, hast du heute Morgen in der Eile, etwas zu viel Rot auf die Wangen gerubbelt."
„Oh! Danke Jean-Luc, dass du mir es sagst."

Sogleich versuchte sie, das Missgeschick mit dem Taschentuch auszubessern. Im gleichen Moment erschien der Chefs, Charles Dufour in der Tür.
Charles Dufour war derjenige, den Jean Luc kurz zuvor als „Glatzkopf" bezeichnet hatte. Dufour konnte so um die fünfundvierzig sein. Außer seinem spärlichen Haarwuchs, schleppte er ein Bein etwas nach und seine stets miese Miene, machten ihn zum Bildnis, des perfekten Griesgrams.
Im Allgemeinen, bei seiner Ankunft am Morgen, durchquerte er das Labor mit einem gemurmelten, fast unverständlichen „Guten Morgen" und verschwand gleich in seinem Büro. Doch an diesem Morgen blieb er plötzlich stehen und fügte hinzu:

„Na, Laroche ..., versucht man nun auch noch den Durchbruch in der Malerei? Tuen Sie das gefälligst in Zukunft zu Hause. Das hier ist kein Schönheitsinstitut!"
„Ja, Monsieur Dufour ..., Entschuldigung."

Nur einige Minuten genügten, um festzustellen, dass sein Prügelknabe in der Gemeinschaft die Karin war. Eigentlich war hier nur einer, der sich von Dufour nicht einschüchtern ließ und prompt, kam auch schon der Gegenangriff von Jean-Luc:
„Chef! Chef! Eine Frage bitte ..., Schönheitsinstitut, einverstanden. Aber wie wär's denn mit einem Haarschnitt ...? Auch nix ...? Der Chef sagt Nein! Hatte ich mir doch gedacht!"

Nur noch einen ruhmlosen Blick in Richtung Jean-Luc, dann verschwand er in seinem Büro.

Monsieur Dufours Büro war eigentlich ein schöner Raum und hätte ein angenehmer Arbeitsplatz sein können, doch das Ganze ähnelte eher einer Schreibwarenhandlung nach einem Wirbelsturm.

Unsanft legte er seinen Aktenkoffer auf einen Stapel Papierkram ab. Darauf entledigte er sich seiner Überbekleidung, hängte diese an den Kleiderständer hinter der Tür und ließ sich kraftlos in seinen Sessel am Bürotisch sinken.

Nachdem er sich eine Zigarette angezündet hatte, warf er die Packung und Feuerzeug belanglos vor sich auf den Tisch.

Einen Moment lang schien er nachzudenken, doch gleichzeitig beobachtete er durch die Glasscheibe, die sein Büro vom Labor trennte, die Aktivität seiner Mannschaft.

Plötzlich wurde er durch das, wie ein Vogel zwitschernde Telefon, aus seiner Meditation gerissen.

„Scheiße!!!", fluchte er halblaut.

Nach einem Kurzen herumwühlen, fand er das Telefon unter einigen Dokumenten und antwortete etwas barsch. Doch sogleich wurde er eher kleinlaut.

„Dufour!!!"
„Oh!", machte er mit molliger Stimme.
„Guten Morgen, Madame Dubois. Entschuldigen Sie, Madame Dubois! Ich hatte ein kleines Problem".
„Ja, Madame Dubois. Sofort, Madame Dubois"
„Selbstverständlich, Madame Dubois"
„Einen schönen Tag noch, Mada ... Aufgelegt!!! Schlampe!!!", murrte er noch vor sich hin.

Karin erschrak! Selbst gedämpft durch die Wand und Doppelscheibe, die dröhnende Stimme des Chefs hätte fast den Pfeil auf dem Monitor zum Zittern gebracht.

„Laroche!!!", schrie Dufour.
„Nein ..., was hab ich denn nun wieder verbrochen?"

Trotz eines mulmigen Gefühles in der Magengegend begab sie sich in die „Höhle des Löwen". Das Gespräch mit Dufour war, allen Erwartungen entgegen, von kurzer Dauer. Kaum eine Minute war vergangen und sie stand wieder im Labor, doch von Erleichterung konnte kaum die Rede sein. Sie schien selbst noch bedrängter.

Jean-Luc und Bernard bemerkten gleich, dass mit ihrer Kollegin irgendetwas nicht stimmte, und kamen ihr gleich entgegen.

„Was ist los, Karin?", fragte Jean-Luc neugierig.
„Was hab' ich bloß dem Herrgott getan?", schluchzte Karin.
„Aber Karin, was ist denn passiert?"
„Ich hab keine Ahnung! Ich muss zum Direktor!"
„Zu Charlier?", fragte nun Bernard, der sich im Allgemeinen nicht in ein Gespräch einmischt.
„Nein, nicht zu Charlier! Ich muss nach da ganz oben, zu Dumont!"
„Zu Dumont ..., zu Dumont", überlegte Jean-Luc.
„Ich habe Angst, ich werde bestimmt gefeuert!"
„Nein, nein, Karin, das kann es nicht sein", sagte Jean-Luc.
„Für solche Sachen ist Charlier zuständig. Dumont kümmert sich nicht um die internen Probleme. Es muss sich schon um was ganz anders handeln. Ich sag dir Karin, da ist was ganz anders im Busch!"
In dem Augenblick ertönte erneut Dufours Stimme:
„Laroche ...!! Ich sagte sofort!!!"

„Ja, ja ...!", rief sogleich Jean-Luc zurück. „Sie geht ja schon, verdammt noch mal! Der Glatzkopf der hat noch mehr Schiss wie du", fügte er hinzu.

Mehr oder weniger beruhigt verließ Karin das Labor und machte sich auf den Weg in die oberen Etagen, wo sich der Tempel des großen Manitu befand.

Während dem sie sich entfernte, unterhielten sich ihre Kollegen, jeder an seinem Arbeitsplatz und mit belegter Stimme, sodass Dufour sie nicht verstehen konnte.

„Was hältst du davon, Bernard?"

„Naja ..., bei Dumont gibt es meiner Ansicht nach keine zwischen Situationen, es ist entweder sehr gut, oder ..., du verstehst ja, was ich meine."

„Genau. Aber ich sag dir eins, Bernard, wenn das wieder so eine hinterlistige Aktion von Dufour ist, dann sorge ich persönlich dafür, dass Charlier ihm seinen Saustall in Einzelteile zerlegt. Wäre mal gespannt, was der so zwischendurch, den ganzen Tag da treibt."

Das Büro von Madame Dubois, so in etwa, das Vorzimmer zum Allerhöchsten des Hauses, erschien genau so grün und hell wie die Empfangshalle. Nur ähnelte die Ausstattung eher einem Salon.

Madame Dubois war eine zugeneigte, immer lächelnde und sehr gepflegte Dame um die Fünfziger.

Es war eigentlich die erste wirkliche Begegnung der beiden. Ihre Wege hatten sich zwar einige Male in einem Flur gekreuzt, oder sie hatten zusammen im Lift, einige Etagen lang zusammengestanden. Kurz, sie kannten sich.

Nach einem Augenblick des Zögerns klopfte Karin zurückhaltend an. Als sie sie die Tür öffnete, kam ihr, Madame Dubois schon mit einem breiten Lächeln entgegen.

„Guten Morgen, Madame Dubois", sagte Karin mit unsicherer Stimme.

„Guten Morgen, Mademoiselle Laroche ..., kommen Sie ... Ich glaube Monsieur Dumont erwartet Sie bereits. Einen Augenblick bitte, ich sehe mal nach."

Sie begab sich gleich zur Tür des Büros und klopfte delikat an. Karins Herz begann zu rasen, als sie ein kurzes „ja!" hörte. Madame Dubois öffnete die Tür nur so weit, dass sie sich leicht hinein beugen konnte.

„Mademoiselle Laroche ist eingetroffen", sagte sie leise.

„Bravo, wunderbar!"

Der Raum in dem Monsieur Dumont über, die gesamte Belegschaf regierte, war noch ausgedehnter als das Büro seiner Sekretärin und noch eigenartiger ausgestattet. Beim Eintreten hatte man eher den Eindruck, sich hinaus in einen Garten zu begeben.

Dumont war fast sechzig, seine grauen Schläfen ließen es erahnen. Er war ein verständnisvoller Mann und vom Personal sehr geachtet. Er war nun mal ein Mensch wie jeder Andere und hatte auch seine Schwächen. Besonders zwei: die Pflanzen, so wie man es gleich bemerkte. Aber auch, na ja, die Gesellschaft hübscher Damen! Man begegne einige in den Gängen. Scheinbar hatte er nie eine Einschränkung angeordnet, in Bezug auf die Arbeitskleidung.

Man sollte diesbezüglich aber auch nicht das insgesamt herrschende Tropenklima vergessen. Für einige war dies öfters eines der heiß diskutierten Themen, doch in dieser Sache ließ sich Dumont nicht ins Geschäft reden. Außerdem hatte er, trotz allem, immer genügend Stimmen auf seiner Seite.

„Ah! Mademoiselle Laroche ..., nur herein spaziert!"

Sie reagierte zögernd, etwas verwirrt auf diese unerwartet freundliche Einladung. Was das wohl bedeuten sollte? Dort wo ihr erster Blick ihn suchte, an seinem Büro, saß er nicht. Sie antwortete mit einem schüchternen: „Guten Morgen, Monsieur le Directeur." Dann erst sah sie ihn inmitten seiner Pflanzen. Sogleich kam er auf sie zu und reichte ihr die Hand.

Karin verstand die Welt nicht mehr. Sie, die sich auf eine seriöse Standpauke vorbereitet hatte. Und nun dieser, fast familiäre Empfang. Das konnte doch nicht wahr sein.

„Guten Morgen, Mademoiselle Laroche! Es freut mich Sie endlich mal persönlich kennenzulernen!", sagte er mit einem strahlenden Lächeln.

Sie wusste im Augenblick überhaupt nicht mehr, was und wie sie darauf antworten sollte. Dann stammelte sie:

„Ich ..., ich auch, Monsieur le Directeur."

Ohne weitere Zeremonie schleppte er sie regelrecht inmitten der Pflanzen, dort wo er gestanden hatte, als sie eintrat.

„Kommen Sie ..., sehen Sie sich das doch Mal an. Was meinen Sie, was das sein könnte? Finden Sie nicht auch, dass meine „Monstera" etwas traurig aussieht? Sehen Sie da, die Ränder einiger Blätter. Die sehen irgendwie gelblich aus. Oder meine ich das nur?"

Karin näherte sich etwas zurückhaltend, indem sie nachdachte, was sie wohl am besten sagen könnte.

„Nun ja, Sie könnten recht haben, Monsieur le Directeur, nur weiß ich auch nicht genau, woran das liegen könnte."

„Ich habe den Eindruck, dass es bei Ihnen so ist wie bei mir. Wir kennen beide nicht viel von solchen Sachen. Trotzdem, ich bin davon überzeugt, dass da etwas nicht stimmt. Was soll's, ich rufe Gérard mal an. Kennen Sie Gérard?"

„Nein ..., ich glaube nicht, Monsieur le Directeur."

„Oh, Sie kennen ihn bestimmt. Ah! Gérard ist ein Genie in diesem Fach. Er kümmert sich mit Erfolg, muss ich sagen, um alle unsere schönen exotischen Pflanzen. Sie haben ihn bestimmt schon irgendwo im Hause gesehen. Es ist der mit dem kleinen Schnurrbart."

„Ah ..., ja ..., jetzt, so wie Sie ihn beschreiben."

„Kommen Sie ..., setzen wir uns, ich werde ihn sofort anrufen."

Darauf begaben sie sich in die eigentliche Büroecke. Auf dem Mobiliar war alles einwandfrei geordnet, im Gegensatz zum Büro ihres Chef Dufour. Während dem sich Karin, Dumont gegenüber, in einem der Polstersessel niederließ, nahm dieser den Hörer ab und begann, dem scheinbar unentbehrlichen Gérard, sein Problem zu unterbreiten.

Nach und nach begann sich bei Karin, die innere Anspannung zu lockern. Doch wusste sie immer noch nicht, warum Dumont sie hatte, zu sich rufen lassen.

Im Labor hingegen steigerte sich die Ungewissheit. Immer wider schauten ihre Kollegen auf die Uhr.

„Jetzt ist sie schon eine halbe Stunde da oben!" Sagte Jean-Luc erregt.

„Meinst du, dass das schlecht sein könnte?"

„Keine Ahnung, jedenfalls hab ich kein gutes Gefühl."

Nachdem Dumont das Gespräch mit Gérard beendet und den Hörer wieder aufgelegt hatte, schien er zunächst nach irgendetwas zu suchen, doch dann öffnete er eine Aktei, die vor ihm lag. Doch anstelle gleich den Grund ihrer Anwesenheit zu begründen, meinte er:

„Gérard sagte mir, dass es wohl nichts Schlimmes sei. Ich sage Ihnen, er ist ein Genie! Wenn Sie mal ein Problem mit Ihren

Pflanzen haben, fragen Sie ihn um Rat. Sie werden sehen. Sie haben doch sicher auch Pflanzen bei Ihnen zu Hause? Vermute ich mal."

„Ja schon, aber nur einpaar Kleine auf der Fensterbank."

„Das ist doch schön. Ich meine, eigentlich sollte jeder einige, Pflanzen besitzen."

„Aber lassen wir doch mal das Thema „Pflanzen". Wenn ich sage, Gérard ist ein, Genie, dann stimmt das. Aber er ist nicht, das Einzige, Genie hier im Hause ..., habe ich festgestellt. Sie, Mademoiselle Laroche, Sie sind auch eines. In Ihrem Bereich versteht sich."

„Danke, Monsieur le Directeur ..., vielen Dank!"

„Oh, wissen Sie, es wäre eher an uns Ihnen zu danken."

„Ich verstehe nicht ganz, Monsieur le Directeur. In wiefern? Ich habe doch nichts besonders geleistet."

„Sagen Sie ..., aber Sie werden es gleich erfahren. Doch zunächst kann ich Ihnen bereits vorhersagen, dass Sie demnächst mit einer, sagen wir mal, interessanten, Gehaltserhöhung rechnen können."

„Nochmals vielen Dank, Monsieur le Directeur!"

Dumont war ein Stratege. Der herzliche Empfang, die Ankündigung einer Gehaltserhöhung und das Genie „Gérard", war nicht ganz ohne Hintergedanke. Er bemerkte gleich, dass Karin entspannter wirkte. Nun konnte er behutsam zur nächsten Phase übergehen.

„Ich habe hier die kompletten Unterlagen eines sehr wichtigen Projektes. Unsere Mitarbeiter im Ausland arbeiten daran seit ungefähr einem Jahr. Alles streng geheim! Sie sind nicht unwissend, nehme ich an, dass die Konkurrenz ständig auf der Lauer ist."

„Aber, Monsieur le Directeur, ich verstehe noch nicht, wieso gerade ich, in dieses so geheime Projekt einbezogen werden soll?"

„Nun, Sie erinnern sich doch bestimmt an eine gewisse Versuchsreihe, die Sie vor ..., ich erinnere mich nicht genau, vor etwa zwei Jahren durchgeführt haben. Es handelte sich um eine spezielle Legierung. Wir versuchten, ein besonders resistentes Metal herzustellen. Es hat sich herausgestellt, dass Sie damals ein absolut neues, noch unbekanntes Material geschaffen hatten."

„Ach ja, ich erinnere mich."

„Sehen Sie ..., so kommen wir der Sache schon langsam näher.

Zunächst hatten wir geglaubt, dass die Herstellungskosten zu hoch seien. Doch dann haben unsere Ingenieure die Sache weiterbearbeitet und letztendlich die ideale Lösung gefunden.

Das Projekt wird von unserm Chefingenieur, ein gewisser Monsieur Thompson geleitet. Er hat uns gebeten Sie, Mademoiselle Laroche, zu benachrichtigen, dass er mit Ihnen zusammenarbeiten möchte, um die Arbeiten abzuschließen und das Werk in Betrieb zu nehmen."

„Es wäre für mich selbstverständlich eine große Ehre mit diesem Monsieur Thompson zusammenzuarbeiten. Nur was könnte ich schon da machen? Ich habe doch keine Ahnung von solchen Maschinen."

„Das kann ich mir gut vorstellen. Aber mit den Maschinen haben Sie nichts zu tun. Das Ganze ist natürlich computergesteuert. Was Ihre Arbeit angeht, handelt es sich lediglich um Feinabstimmungen, die Sie mit Monsieur Thompson berechnen und dann an unsere Computer Spezialisten weitergeben.

Wenn ich die Worte von Monsieur Thompson an Sie weitergeben kann, dann sage ich: „Diese Dame ist mir hier unentbehrlich!""

„Was soll ich denn nun machen, Monsieur le Directeur?"

„Nun, ich habe Ihnen noch nicht alles gesagt. Einerseits werden Sie, mit allem Drum und Dran, viel Geld verdienen. Andererseits ist da etwas, was für Sie vielleicht ein Problem darstellen könnte.

Dieser Standort befindet sich allerdings in Brasilien und Sie müssten, für einige Monate, dorthin umziehen. Sie hätten dort alles was sie benötigen an Ort und Stelle: eine schöne Zweizimmerwohnung, Geschäfte, Restaurant und so weiter. Alles nur einpaar Schritte entfernt. Sie sollten sich nicht vorstellen, dass Sie im Uhrwald leben müssen. Machen Sie sich darüber keine Gedanken, in unsern Gebäuden ist alles aufs Modernste eingerichtet."

„Aber ..., aber, Monsieur le Directeur, warum soweit da unten?"

„Es gibt da mehrere Gründe, Motive, die selbst ich nicht alle kenne. Glauben Sie mir, es wäre für Sie ein einmaliges Erlebnis, eine professionelle, aber bestimmt auch eine persönliche Erfahrung."

„Meinen Sie, Monsieur le Directeur?"

„Ganz bestimmt, Mademoiselle Laroche. Nehmen Sie sich die Zeit zum überlegen. Es ist ja nicht, als ob es Morgen schon losginge. Ich werde dafür Sorge tragen, dass Sie frühzeitig noch Urlaub nehmen können. Sie werden jedenfalls noch die Feiertage mit Ihren Eltern verbringen können.

Doch lassen Sie mich es wissen sobald Sie Ihre Endscheidung getroffen haben, damit ich Monsieur Thompson benachrichtigen kann."

Da nun alles gesagt war, drängte Dumont die Unterhaltung zu beenden. Er entschuldigte sich, denn er hatte noch einen wichtigen Termin auswärts. Dennoch nahm er sich die Zeit, Karin bis zur Tür zu begleiten.

So schwer es ihr auch fiel eine Entscheidung zu treffen, Sie konnte dieses Angebot nicht ablehnen. Nach und nach gewöhnte sie sich an die Idee, bald einer unbekannten Welt gegenüberzustehen.

Kaum eine Woche nach dem Gespräch, teilte sie Dumont ihre positive Entscheidung mit und bereits Anfang Dezember, konnte sie ihren versprochenen Urlaub antreten.

2

Der Linienbus fuhr vorsichtig der Landstraße entlang, durch eine frisch verschneite Landschaft, in Richtung Nantes. Als Karin an der Haltestelle bei der Abzweigung zum Örtchen, „la Pommeraie", ausstieg, begannen, erneut einige leichte Flöckchen vom Himmel herunter zu schweben.

Bepackt mit ihrer Reisetasche, begab sie sich auf den Weg und die Erinnerungen an ihre Jugend stiegen auf. Sie fragte sich, wie oft sie wohl diesen Weg damals gegangen war.

Im Ort, fast nur ein Weiler, angekommen, näherte sie sich einer schlichten, von der Zeit gebrandmarkten Behausung. Sie trat ein, ohne anzuklopfen, denn wie damals, war die Tür selten verriegelt. Außerdem war dort immer noch ihr existentes Zuhause. Dort fand sie auch heute noch Wärme und Geborgenheit.

Sie öffnete, nur einen Spalt, behutsam die Tür zur Küche, denn sie wusste, dass die beiden sich dort aufhielten, immer noch wie in vergangenen Zeiten.

Der Vater Laroche, nun fast siebzig, zerdrückt von einem harten Leben, hielt schläfrig seinen Platz neben dem alten Herd.

Die Mutter, dreiundsechzig, doch auch sie, gezeichnet von einem Leben voller Arbeit, Besorgnis und Kummer, saß am Tisch und strickte.

Einen Augenblick lang, sah Karin, blitzartig ihre ganze Kindheit.

Es waren immer noch der gleiche Herd, der gleiche Tisch, die gleichen Stühle und die gleichen Nippsachen, nur die Eltern ergrauten.

Obschon benachrichtigt vom Besuch ihrer Tochter, ließen sie sich überraschen.

„Huhu! Da bin ich!", machte Karin, indem sie die Tür weit öffnete.

Wie plötzlich aus dem Schlaf erwacht, erheben beide gleichzeitig ihre Blicke. Frau Laroche legt sogleich ihr Strickzeug auf den Tisch und kommt mit erhobenen Armen ihrer Tochter entgegen. Der Vater benötigte einen Augenblick länger, um seine alten Knochen in Bewegung zu bringen.

„Ohh ..., meine Kleine ..., da bist du ja!"
„Guten Tag meine kleine Karin!", gesellte sich nun auch der Vater hinzu.
„Guten Tag ihr beide! Wie geht es euch, ist alles in Ordnung?", erkundigte sich Karin.
„Ach ja", meinte der Vater. „Es geht so, ein Wehwehchen hier, ein Wehwehchen da, so ist das nun mal, wenn man älter wird."
„Und du, wie ist es mit dir? So wie du uns geschrieben hast, hast du große Fortschritte in deinem Beruf gemacht."
„Na ja, das könnte man so sagen. Nur, wenn ich gewusst hätte, wohin es mich nun bringt, ich glaube nicht, dass ich mich auf so was eingelassen hätte."
„Du solltest dich vielmehr darüber freuen, wieder ein Stück weiter voranzukommen. Nun bist du schon so weit, dass du bis nach Amerika kommst. Deine Mutter und dein alter Vater, wir sind sehr stolz auf dich."
„Oh ja, diese Neuigkeit hat uns sehr gefreut. Wir sind sehr stolz auf unsere Tochter. Man spricht immer wieder darüber und, sogar im ganzen Dorf!"
„Aber Mama ...! Ihr habt das doch wohl nicht jedem im Dorf erzählt?"

„Siehst du Karin, du bist doch unser einziges Kind, du hast uns große Freude in unsere alten Tage gebracht. Sei uns nicht böse, mein Kind."

Karin umarmt ihre Eltern, indem sie ihnen zuflüstert: „Aber nein ..., ich bin euch nicht böse.
Aber lassen wir das jetzt. Wir haben noch viel Zeit darüber zu reden. Ich bin ja noch einen ganzen Monat bei euch. Ich muss erst am zehnten Januar nach Paris zurück."
„Du hast recht Karin", meinte die Mutter. „Bring erst mal deine Sachen in dein Zimmer. Und in der Zwischenzeit werde ich uns eine gute Tasse Kaffee zubereiten. Du hast bestimmt auch Hunger nach dieser langen Reise?"
„Ja, Mama, ein wenig schon."

Währendem die Mutter in ihrem Küchengeschirr hantierte und begann den Tisch zu decken, nahm der Vater seinen Platz am Herd wieder ein.
„Naja ...!", seufzte er vor sich hin.

Über eine schmale ächzende Treppe stieg Karin mit ihrer schweren Reisetasche hinauf zu ihrem Zimmer.
Auf ein Bett, eine Komode, ein Stuhl und ein Kleiderschrank, beschränkten sich die Mobilien. Einpaar Spielereien, Andenken aus ihrer Kindheit, schmückten die Komode. An den Wänden hingen noch ihre Zeichnungen aus ihrer Schulzeit, ein Foto, ihrer ersten Kommunion und über ihrem Bett ein Kruzifix. Alles war so geblieben wie damals. Aber für Karin war und blieb, ihre alte Puppe, das wichtigste Familienstück. Sie saß mit offenen Armen, auf dem Bett, so als würde sie ihr zurufen: „Endlich, du bist wieder da!"
Noch bevor Karin begann ihre Sachen auszupacken und einzuräumen, nahm sie ihre Puppe auf den Arm und bewegte feinfühlig die Arme und Beine ihres alten Spielgefährten. Dann

begann sie mit ihr zu reden, wie mit einem Kind, oder ähnlich, als wäre es eine alte Freundin.

„Nun, Mathilde, da bin ich wieder zu Hause. Wie ich sehe, hast du dich nicht verändert. Genauso wie alles Andre."

Dann setzte sie die Puppe wieder aufs Bett und begann sich einzurichten, jedoch ohne ihr Gespräch mit ihrer stummen und reglosen Mathilde fortzusetzen.

„Weißt du Mathilde, dieses Mal werde ich etwas länger bleiben als gewöhnlich. Ich bin mir sicher, dass du dich freust.
Wir werden für eine Zeit lang unsere alten Gewohnheiten wieder aufnehmen. Vielleicht habe ich die Gewohnheit ein wenig verlernt, mit dir zu spielen, aber ich werde mein Bestes tun."

Am Heiligabend hatte sich, wie früher, die kleine Familie Laroche im Esszimmer vereint. Auch hier, gleich wie in allen andern Räumen ihrer schlichten Behausung, war das Mobiliar das gleiche geblieben wie vor vierzig Jahren oder gar noch länger. Jedenfalls hatte Karin niemals anderes gekannt.
Obwohl ihre Tochter sie verführerisch, finanziell unterstützte, die Laroche gaben ihr Geld nicht aus, für etwas das sie eigentlich nicht brauchten. Sie waren zufrieden mit ihrer Einrichtung und so sollte es auch bleiben.
Sie hatten sich ins Zeug gelegt, um den Weihnachtsbaum zu schmücken, wie in alten Zeiten. Weihnachten und der Besuch ihrer geliebten Tochter, musste allenfalls würdig gefeiert werden.
Die Weihnachtstorte hatten Mutter und Tochter gemeinsam gebacken und selbst der Tisch war festlich angerichtet.

„Nun Karin leg los ...!", sagte der Vater. „Heute ist es deine Aufgabe den Kuchen anzuschneiden."

„Ja ..., heute darfst du uns auch einmal bedienen", fügte die Mutter hinzu.

Fast zur gleichen Stunde, irgendwo in Paris, wurde ein ähnliches Ritual gekünstelt, nur ging es dort bedeutend lärmender zu.

Mehr oder weniger im Takt dröhnender Musik und lautem Gelaber hopsten in kaum beschreibbaren Verrenkungen, ein Dutzend Festgäste inmitten der Tische und Stühle. Einige saßen noch etwas abseits an ihren Tischen und beobachteten das aufgebrachte Treiben.

Im Raum nebenan, da wo es zumindest etwas gedämpfter zuging, saßen einpaar Männer an der Bar. Unter ihnen konnte man Charles Dufour erkennen.

An einem kleinen runden Tisch, in der äußersten Ecke, unterhielten sich zwei Männer, scheinbar frohgemut. Plötzlich stand einer der beiden auf, klopfte seinem Gesprächspartner auf die Schulter und kam freudig lächelnd auf Charles Dufour zu. Es war, Claude Poulain, selbst Angestellter bei der „Intermetal", ein alter Bekannter von Dufour,

„Heh, Charles! Ich hatte dich noch gar nicht bemerkt! Wie geht's dir, alter Freund?"

„Soweit ganz gut, ich kann nicht klagen. Und dir selbst?"

„Gut, gut, alles in Butter ...! Sag mal Charles, du kannst dich doch sicher an den Kollegen in Deutschland, Hermann Schulze, erinnern? Wir haben Hermann mehrmals drüben, bei Seminaren getroffen."

„Aber gewiss ..., Hermann! Ein fröhlicher Geselle und ein aufgeweckter Bursche."

„Stell dir vor, Charles, ich habe da jemand aus Deutschland getroffen, der den Hermann Schulze sehr gut kennt. Komm, setz dich zu uns."

„O k. ..., wenn du willst."

Darauf begaben sich beide zurück an den Tisch zu ihrem neuen Bekannten.

„Charles, das ist Hans Schwarzkopf ..., Hans, das ist Charles Dufour, ein mehrjähriger, guter Freund von Hermann."

„Erfreut Sie kennenzulernen, Herr Dufour. Ich erinnere mich, Hermann hat mir schon öfters von Ihnen erzählt."

„Setzen wir uns ..., auf diese Begegnung müssen wir einen trinken!", meinte Charles.

„Gute Idee!", stimmte Claude ein. „Macht ihr beide, schon mal Bekanntschaft. In der Zwischenzeit werde ich uns etwas besonders herbeischaffen."

„Nun, Herr Schwarzkopf, was ist aus ihm geworden, aus unserm Freund Hermann?"

„Ach, dem Hermann geht's sehr gut. Wir haben, mit noch zwei andern Kameraden, ein eigenes Geschäft gegründet. Er ist inzwischen bei Intermetal ausgestiegen."

„Ach so! Dann ist er nun wohl in sein Heimatland zurückgekehrt, nehme ich an?"

„Nein, nein, er ist immer noch in Brasilien."

„Ich verstehe, Ihr habt Euere Affäre da unten eingerichtet und Sie hausen jetzt auch in Brasilien. Aber was zum Teufel machen Sie, an einem Tag wie heute, in Frankreich?"

„Nein, ich wohne immer noch in Deutschland. Ich bin, so in etwa, könnte man sagen, unser Korrespondent in Deutschland. Hermann und ich selbst, wir sind nicht alleine im Geschäft. Wir sind im Augenblick zu fünf. Ich bin heute hier in Paris, nun, ich bin eigentlich auf Geschäftsreise. Ich hatte mir gedacht, Weihnachten in Paris zu verbringen, wäre vielleicht interessant. Mal um zu sehen, wie die Franzosen so feiern. Ursprünglich sollte ich erst nach den Feiertagen hehr kommen."

„Im Grunde keine schlechte Idee muss ich zugeben. Aber Euer Geschäft ..., was macht Ihr tatsächlich?"

„Ich werde versuchen, es Ihnen kurz zu erklären ... Ich glaube, ich habe wirklich Glück Sie heute hier zu treffen. Ich bin nämlich auf der Suche nach einem Korrespondenten für Frankreich und ich bin mir sicher, dass es Sie interessieren wird ...“

Die Unterhaltung wurde in dem Moment von Claude unterbrochen, welcher mit einer Flasche Champagner anrückte.

„Seht Ihr Freunde, ich habe genau das gefunden, was wir jetzt gebrauchen können!“
„Ah ha! So was nenne ich Organisation!“, meinte Hans.
„Und ..., erlaubt Ihr mir, mich ins Gespräch einzuklinken?“
„Klar ...! Nur ein Glück, dass Sie wieder da sind, Claude. Wir beide waren auf dem besten Wege, in ein langweiliges Geschäftsgespräch zu versinken.“
„Das stimmt, Hans, man sagt sogar, dass es Unglück bringt, am Heiligabend über Geschäfte zu reden“, stimmte Charles zu, obschon er gerne Näheres erfahren hätte.

3

Die schönsten Momente gehen immer zu schnell vorüber.
So war es auch für die Familie Laroche. Der zehnte
Januar stand vor der Tür und Karin musste den Rückweg
antreten. In einpaar Stunden, würde sie wieder ihre Wohnung bei
Paris betreten und mit den Vorbereitungen, für die große Reise ins
Ungewisse beginnen.

Die winterlichen Temperaturen und auch ihr, doch bereits
fortgeschrittenes Alter, konnten die Eltern nicht davon abbringen,
ihre Tochter bis zur Bushaltestelle, an der Hauptstraße zu
begleiten.

Man hatte sich wahrscheinlich noch vieles zu sagen, doch die
Worte verschwanden in der Fülle, bevor sie ihre Lippen erreichten.
Und so schritt man schweigend, Seite an Seite, in Gedanken
versunken, dem Ort und dem Augenblick, des Abschieds entgegen.

Die letzten Minuten vergingen in Eile. Man umarmte sich ein
letztes Mal, ohne tief liegende Gemütsbewegungen zu
verheimlichen.

« *Au revoir ma petite Fille* ! » Pass auf dich auf und komme uns
bald gesund zurück!"

„Möge der Herrgott dich beschützen, mein Kind!", stammelte
der Vater leise.

Als der Bus sich langsam in Bewegung setzte, beeilte sich
Karin das Heckfenster zu erreichen. Von dort konnte sie die beiden

noch eine Weile sehen. Man winkte sich noch zu, bis sie nach der ersten Kurve aus Karins Blickfeld verschwanden.

Während der Fahrt versank Karin in ihren Gedanken und das Gefühl, dass sie sich vielleicht nie wiedersehen würden, überfiel sie.

Am Morgen des fünfzehnten Januar erwachte Karin bereits gegen fünf Uhr.

Ihr durchwühltes Bettzeug ließ vermuten, dass sie eine unruhige Nacht verbracht hatte.

Auf ihrem schlichten Bürotisch lag nur ihre Handtasche. Alles war säuberlich aufgeräumt. Neben dem Stuhl standen ihr Koffer und ihre Reisetasche. Alles schien bereit für die große Reise. Sie erschien aus dem Bad in ihrer anspruchslosen Kleidung, so wie man sie an jedem andern Tag, aus dem Haus gehen sah. Nur ihr Haar war nicht zu dem desaströsen, alltäglichen Haarknoten zusammengerollt, sondern zu einem langen Zopf geflochten.

Bemerkbar aufgeregt überprüfte sie nochmals den Inhalt ihrer Handtasche, um sich danach in ihre Küchenecke, einen kleinen Raum nebenan, zu begeben.

Als sie damit beschäftigt war eine Tasse Kaffee vorzubereiten, klingelte es an der Tür. Prompt unterbrach sie ihre Aktivität und beeilte sich ihren morgendlichen Besuch zu empfangen; Besuch, den sie allem Anschein nach erwartete.

„Guten Morgen Madame Doche ..., kommen Sie, ich war dabei uns einen Kaffee zuzubereiten."

„Guten Morgen, Karin! Oh, wie ich sehe, hast du schon alles bereitgestellt. Hast du wenigstens vernünftig geschlafen?"

„Och, geht so, nicht besonders gut. Ich bin so was von aufgeregt!!!"

Madame Doche war eine Dame so um die Fünfzig, eine etwas mollige Gestalt, sehr nett und immer hilfsbereit. Sie war Karins Vermieterin und wohnte gleich nebenan.

Seit ihrer ersten Begegnung hatte Frau Doche dieses unscheinbare, simpele Mädel in ihr Herz geschlossen und seitdem waren sie beste Freundinnen.

Sie folgte Karin in die Küche. Madame Doche hatte einen Papierbeutel mitgebracht, in welchem sie vermutlich, ein Frühstückshäppchen eingepackt hatte. Karin wollte sich gleich wieder ihrem Kaffee zuwenden, doch Madame Doche kam ihr zuvor.

„Komm hehr *Kindchen,* setz dich hin und beruhige dich erst mal, ich mach das schon. Ich habe uns, einpaar *Croissants* mitgebracht."
„Das ist lieb, aber ich glaube nicht, dass ich einen Bissen runter bekomme."
„Ach was! Du kannst die Reise doch nicht mit leerem Magen antreten, und bevor das Frühstück im Flugzeug serviert wird, werden noch Stunden vergehen."

Währendem das Getränk langsam durchlief, setzte sich Madame Doche zu Karin an den Tisch.

„Nun mach schon ..., ich werde mir auch ein Krüstchen genehmigen ...", meinte Madame Doche. „Für welche Uhrzeit hast du dein Taxi bestellt?"
„Ach ja ..., ich habe ganz vergessen Ihnen zu sagen, dass ich kein Taxi benötige. Ich habe Monsieur Dumont gefragt, ob nicht jemand mich zum Flughafen begleiten könnte. Ich bin ja noch nie da gewesen und weiß nicht wie und was ich da machen muss. Nun, Monsieur Louvet, der Fahrer von Monsieur Dumont, bringt mich zum Flughafen. Er kennt sich da aus."
„Oh ...! Das ist aber nett!"
„Ja ..., mit Monsieur Louvet kann ich beruhigt sein. Für ihn ist das eine ganz gewöhnliche, fast alltägliche Fahrt. Aber das Flugzeug ..., es ist für mich der reinste Horror. Ich war noch nie in

einem Flugzeug. Und ganz alleine! Ich weiß nicht, was ich da machen muss und wie ich mich verhallten muss."

„Ach *Kindchen*, das ist doch ganz einfach! Du machst, was man dir sagt und fertig ist die Kiste. Wenn du etwas nicht weißt oder nicht verstanden hast, dann fragst du die Hostessen, das sind die Damen, die da ständig hin und hehr laufen. Die sind immer sehr freundlich und hilfsbereit."

Dann wurde das Gespräch unterbrochen, denn es klingelte erneut an der Tür. Karin wurde aus ihren Horrorvorstellungen erweckt und zuckte erschrocken zusammen.

„Das wird wohl Monsieur Louvet sein", meinte Madame Doche. „Bleib ruhig sitzen, ich sehe mal nach."

Sie erhob sich und ging zur Tür. Doch bevor sie öffnete, vergewisserte sie sich.

„Wer ist da?"
„Ich bin Monsieur Louvet. Bin ich hier richtig bei Mademoiselle Karin Laroche?"

„Ja, das sind Sie", erwiderte sie, indem sie die Tür öffnete. „Endschuldigen Sie mich, aber ich bin nun mal etwas vorsichtig von Natur aus. Übrigens, ich bin die Frau Doche, eine gute Freundin von Karin."

Da Karin im Allgemeinen eine eher schüchterne und zurückhaltende Person war, kannte sie Louvet nur von einigen Begegnungen und hören sagen hehr. Diese Situation sollte sich ja nun ändern und so wagte sie sich doch gleich, zu den beiden hinzuzukommen.

„Ach, da sind Sie ja Mademoiselle Laroche!", sagte Louvet mit freudiger Mine. "Apropos, guten Morgen allerseits!", fügte er hinzu.

„Guten morgen, Monsieur Louvet!", erwiderten die beiden, wie aus einem Mund.

„Nun, wie ich sehe, sind die Koffer gepackt. Und Sie Mademoiselle Karin ..., in Form?"

„Ohlàlà! ..., nicht sonderlich!"

„Sie macht sich Sorgen, die Ärmste!", meinte Madame Doche.

„Kein Grund zur Sorge, Mademoiselle! Sie werden sehen, es wird alles wie vorgesehen ablaufen."

„Aber Monsieur Louvet, sie haben doch noch die Zeit einen kleinen Kaffee mit uns zu trinken, bevor es losgeht?", unterbrach Madame Doche.

„Nun ja ..., ich hatte damit gerechnet, dass die Straßen vielleicht heute Morgen etwas unsicher sein könnten, aber der Zustand ist normal. Daher bin ich auch etwas früher bei Ihnen angekommen."

Also nahm man sich die Zeit, noch gemütlich etwas zu plaudern, bevor das Gepäck in die Limousine verstaut wurde. Darauf verabschiedete man sich gefühlvoll mit einpaar Tränen.

4

Knapp eine halbe Stunde später hielten Louvet und Karin vor dem Eingang des Flughafengebäudes, *Roissy - Charles de Gaulle.*
Nachdem Louvet Karins Gepäck ausgeladen und den Kofferraum des Wagens geschlossen hatte, schaffte er noch einen fahrbaren Untersatz für das Gepäck herbei, dann begaben sich beide in den Abflugterminal.

„Setzen Sie sich einen Augenblick, ich werde nur kurz den Wagen parken. Ich bin gleich wieder da!"
„Gut! Aber Sie werden mich doch nicht vergessen, Monsieur Louvet?"
„Aber nein, aber nein ...! Machen Sie sich doch nicht solche Sorgen."

Währendem Louvet zum Wagen zurückkehrte, nahm Karin mit ihrem Gepäck platz und beobachtete das hektische Treiben in der Halle. Doch sie konnte es auch nicht unterbinden, immer wieder einen besorgten Blick, in Richtung Eingangstür zu werfen. Ihren beunruhigenden Vermutungen entgegen atmete sie erleichtert auf, als sie Louvet endlich wieder auf sich zukommen sah.

„So, da bin ich wieder."
„Gott sei Dank ...!, ich dachte schon ..."
„Na, na, na ...!", machte Louvet grinsend. „Dann wollen wir mal. Kommen Sie, ich zeige Ihnen, wie das hier so läuft."

Louvet erledigte, routiniert und zügig, alle Formalitäten am Schalter. Dann begleitete er sie zur Gepäckaufgabe.

„So ..., das war's dann fürs Erste! Nun brauchen wir nur noch zu warten, bis die Passagiere für Ihren Flug aufgerufen werden. Dann geht's los!"

„Aber ..., wo ist mein Koffer, wo sind meine Sachen?"

„Keine Sorge, die sind wahrscheinlich bereits im Flugzeug."

„Was mach ich denn nun?"

„Ganz ruhig ..., ich warte ja noch, ich sage Ihnen, wenn es so weit ist, dann gehen Sie einfach mit den Andern zum Flugzeug. Der Rest erledigt sich dann von selbst."

„Sie haben gut reden ...!"

„Und wenn Sie in Manaus aussteigen, erwartet Sie ja Monsieur Thompson. Er hat, genau wie ich, den Auftrag alles Notwendige zu erledigen."

Kurz, nachdem Louvet seine Erklärungen beendet und noch einige beruhigende Worte hinzugefügt hatte, wurden auch schon die Passagiere nach Übersee aufgerufen.

Mit mulmigem Gefühl in der Magengegend und etwas weichen Knien folgte Karin denen, die allem Anschein nach hingegen, eher freudig und wohlgemut ihre Reise antraten.

Louvet begleitete sie noch, so weit es ihm erlaubt war, dann wünschte er ihr einen guten Flug und verabschiedete sich. Er schien irgendwie erleichtert, denn infolgedessen, war seine Mission erledigt.

So wie man es ihr mehrmals empfohlen hatte, folgte sie spontan allen Anweisungen und gelangte ohne Schwierigkeiten zu ihrem Platz. Eine ältere Dame, die Karin freundlich grüßte, ließ sich seelenruhig auf dem Sitz neben ihr nieder. Mit auffallend bekannten Handgriffen justierte sie ihren Sicherheitsgurt. Dann lehnte sie sich entspannt zurück. Dies war zweifellos nicht ihr erster Flug.

Hingegen nebenan fummelte Karin nervös an ihrem Gurt. Ihre Hände zitterten wie Espenlaub und der Verschluss wollte und wollte nicht einrasten.

„Sie könnten vielleicht Hilfe gebrauchen?", meinte die Dame.
„Oh! Das wäre nett von Ihnen!"
„Das erste Mal?"
„Ja ...", antwortete Karin kurz.
„Hab ich mir doch gleich gedacht. Wissen Sie, ich fliege diese Rute schon seit zehn Jahren, mindestens ein Mal im Jahr. Da sieht man doch so einiges. Meine Tochter wohnt dort unten, etwas außerhalb von Manaus."
„Ach ja? Jetzt verstehe ich, wieso Sie so entspannt sind!"

Und auf diese Weise kamen die beiden ins Gespräch.
Plötzlich zuckte Karin erschrocken zusammen, als man ein leichtes Ruckeln und ein schwaches Ächzen vernahm.

„Was ist das?"
„Keine Angst, das ist normal, wir werden nur vom Platz geschoben."
„Mein Gott! Geht das immer so?"
„Na ja! Das muss wohl so sein." Meinte die Dame.

Und kurz darauf war es dann endlich so weit. Verkrampft starrte Karin in den Raum und ihre Fingernägel bohrten sich in die Armlehnen ihres Sitzes. Mit zunehmender Geschwindigkeit raste die Maschine über die Bahn und bald entfernte sich, mehr und mehr, die schneebedeckte Landschaft unter ihnen.
Es dauerte noch eine ganze Weile, bevor Karin begann sich, nach und nach, zu entspannen. Aber auch dank, ihrer vorsorglichen Nachbarin, die sie behutsam, zum Gespräch anregte.
Christina Campera, so hatte sich die freundliche Dame vorgestellt, konnte nicht verstehen, wieso eine derart intelligente junge Frau, so unwissend und unerfahren sein konnte. Christina

kam dem Verdacht nahe, dass Karin ihr ganzes Gedächtnis wohl zulange, auf ihre Arbeit konzentriert habe und alles Andere, so irgendwo im äußersten Winkel ihres Hirnes, vernachlässigt haben könnte. Ihr Verdacht bestätigte sich, jedenfalls teilweise, in der weiteren Unterhaltung während des langen Fluges.

Entgegengesetzt den extremen Ideen, die sie seit Wochen quälten, verlief die Reise ohne Zwischenfall. Jedoch Brasilien hatte ihr noch weitere Überraschungen vorbereitet.

Zunächst wurden die Passagiere nicht von der vermuteten Sonne Brasiliens empfangen. Es regnete in Strömen, als die Maschine auf dem Flughafen von Manaus zur Landung ansetzte.

Wenn auch wie vorgesehen, Mr. Charly Thompson, Karin bereits erwartete, so hatte der Mann, der geradewegs, mit einem breiten Lächeln, auf sie zukam, keinerlei Ähnlichkeit mit einem leitenden europäischen Angestellten. Sein Aussehen ähnelte eher einem Ranger oder einem Forschungsreisenden. Jedoch war er scheinbar bestmöglich informiert, über ihre Ankunft, ihr Aussehen und ihr Verhallten.

Er gab sich zu erkennen in einem sicherlich akzeptablen Französisch, wenn auch mit einem südamerikanischen Akzent.

Indem er Karin die Hand reichte, sagte er:

„Charly Thompson ...! Sie sind, Mademoiselle Karin Laroche, nehme ich an?"

„Genau ..., es freut mich Sie kennenzulernen, Monsieur Thompson!"

Dieser Mann, den Karin sich allerdings, so nicht vorgestellt hatte, war sehr freundlich und hilfsbereit. Wie Monsieur Louvet, bemühte er sich um ihr Gepäck und alles, was sonst noch zu erledigen blieb.

Nur fand Karin etwas merkwürdig, dass er sehr in Eile schien. Aber vielleicht war es doch nur sein Charakter, sich derart hektisch zu verhalten.

„Wie war denn der Flug?", fragte er. „Wie ich hörte, war es das erste Mal."

„Ach, soweit ganz gut, nur zu Begin hatte ich höllische Angst, aber dann wurde es doch sehr angenehm."

„Es tut mir leid, dass ich Sie mit diesem sau Wetter begrüßen muss. Leider habe ich heute Morgen nichts Besseres gefunden!", lachte er.

„Und ich dachte, hier wäre es immer warm und schön", meinte Karin.

„Naja, warm schon, aber nicht immer schön!"

Dann meinte Thompson, was auch irgendwie seine Hektik begründen konnte:

„Nun, ich meine, bei dem Wetter ist es angebracht, so schnell wie möglich den Heimathafen anzusteuern. Bei dem anhaltenden Regen könnte die Fahrt schnell etwas unangenehm werden."

Und, draußen erwartete Karin eine weitere Überraschung.

Thompsons Karosse offenbarte sich etwas ungleich der Limousine in Frankreich.

In der Tat, unter einer triefenden Dreckschicht, konnte man ein kräftiges Geländefahrzeug erkennen. Das ideale, meist sogar unentbehrliche Gefährt, sobald man, in diesem Land, die wenigen, festen Straßen verlassen muss. Genau diese Sachlage erwartete Karin und Charly, denn die Gebäude der „Intermetal", befanden sich, beinahe fünfzig Kilometer im Nordwesten von Manaus und mitten im Regenwald.

„Ich hoffe doch, dass Sie nichts gegen gute, starke und dreckige Fahrzeuge haben", sagte Charly grinsend, indem er sich als Kavalier, Karin beim Einsteigen behilflich zeigte.

Nachdem er noch eilends ihre Koffer eingeladen hatte, schwang er sich elegant ans Steuer.

„Nein absolut nicht, so peinlich bin ich gar nicht!", erwiderte nun Karin. „Man sitzt so hoch, es ist nur etwas ungewohnt."
„Und das ist auch gut so", meinte Charly. „Davon werden Sie sich in Kürze selbst überzeugen können. Hätte ich versucht Sie mit einem Luxusschlitten abzuholen, dann wäre ich jetzt vermutlich nicht hier. Ich würde eher irgendwo, samt Limousine, im Schlamm stecken!"

Währenddem sie sich weiter unterhielten, verließen sie wenige Minuten später das Flughafengelände. Bevor sie jedoch die Schnellstraße in Richtung Norden erreichten, durchquerten sie zunächst noch, ein nicht besonders attraktives Viertel am Rande der Stadt. Karin konnte es nicht fassen, wie die Menschen dort lebten. Vergleichbar dem, waren die Armenviertel von Paris noch ein Dorado.
Danach ging es dann eine Zeit lang zügig voran.

Zur gleichen Zeit geschah etwas Unerwartetes am Flughafen.
Ein Mann, gleicher Statur und Aussehen, wie Charly Thompson erschien in der Ankunftshalle. Er schien in Eile und nach etwas, oder jemanden zu suchen, lief in alle Richtungen und beobachtete die ankommenden Passagiere.
Schließlich näherte er sich dem Büro der Fluggesellschaft „Air France".

„Endschuldigen Sie, Mademoiselle, ich bin Monsieur Thompson ..., Charly Thompson, Angestellter der Intermetal. Ich suche nach einer gewissen Mademoiselle Karin Laroche. Diese

Dame sollte mit dem Flug 235 aus Paris ankommen. Ich kann sie nicht finden!", sagte er aufgeregt. „Könnten Sie mir vielleicht sagen, ob sie angekommen ist, oder vielleicht nachsehen, ob sie mir eine Nachricht hinterlassen hat?"

„Aber certainement, Monsieur. Einen Augenblick bitte, ich sehe mal nach."

Sie wandte sich kurz ihrem Terminal zu, dann bestätigte sie Karins Ankunft, jedoch eine Nachricht hatte sie nicht hinterlassen.

Das Flugzeug war nun bereits seit einer guten halben Stunde gelandet, aber von Karin, keine Spur. Sie musste doch irgendwo sein, überlegte Thompson. Aber wo?

Er suchte erneut in jedem Winkel der Halle, vergebens. Nun begann Thompson langsam sich Sorge zu machen und kehrte zum Schalter zurück. Dort bat er die Hostesse, doch bitte, Karin Laroche über Lautsprecher herbeizurufen.

Als dieser Versuch ebenfalls scheiterte, griff er zum Telefon und rief seinen Kollegen in der Firma an.

Nachdem er sich der Telefonistin im Werk vorgestellt hatte, bat er diese ihn doch mit dem Büro eines gewissen Monsieur Clark durchzustellen.

„Hallo Ted ..., hier Charly ..., wir haben ein Problem, Ted! Ich bin immer noch am Flughafen. Die Kleine ist zwar angekommen, aber ich kann sie nicht finden.

„Wieso? Wenn sie angekommen ist, dann muss sie doch auch da sein. ... Ich versteh nicht ganz."

„Ich würde eher sagen, müsste ..., ist aber nicht!", erwiderte Thompson; seine Stimme klang irgendwie aufgeregt. „Bei dem Wetter. Ein abgebrochener Baum versperrte mir den Weg bei der Anfahrt. Die Sache hat mich fast eine Stunde Zeit gekostet. Demzufolge bin ich schließlich, erst eine dicke halbe Stunde nach der Ankunft der Maschine hier eingetroffen. Doch das, sagt mir nicht, wo sie sein könnte.

„Klar, Charly ..., aber was soll ich denn nun unternehmen?"

„Ich habe da so etwas wie ein Verdacht im Hinterkopf. Würdest du mal nachfragen, ob nicht irrtümlicherweise, ein zweites Fahrzeug losgeschickt wurde? Sobald du was Näheres weißt, rufe mich an. Ich bleibe noch vor Ort und suche in der Zwischenzeit weiter."

„OK, alles klar, Charly!"

Es wurde kein zweites Fahrzeug zum Flughafen geschickt und Charly fand auch nicht die geringste Spur von Karin. Nach einer Stunde des Suchens machte sich Charly auf den Rückweg.

Als er an der Stelle vorbeikam, dort wo der Baumstamm ihm den Weg versperrt hatte, hielt er an, stieg aus und untersuchte genauestens die Umgebung.

Sein Verdacht bestätigte sich rasch. Es war kein Unfall! Denn, als er die Bruchstelle des Stammes betrachtete, bemerkte er gleich etwas, das er zuvor in der Eile übersehen hatte. An der Rückseite des Stammes war eindeutig mit einem scharfen Werkzeug, einer Axt oder dergleichen, der Bruch vorbereitet worden. Weiterhin entdeckte er, einige Meter höher am Stamm, Abschürfungen, die ohne Zweifel, nur durch den Einsatz eines Drahtseiles entstanden sein konnten.

Nun war er davon überzeugt, dass seine Verspätung genau geplant war und somit auch, dass Karin Laroche entführt worden war!

Kaum war Charly in seinem Büro angekommen, wurde der Krisenstab versammelt, denn Karins Abwesenheit würde das ganze Projekt nicht nur um Monate verzögern, sondern vielleicht sogar ganz infrage stellen. Man musste sie finden!

Wenn Charlys Befund zutraf und die Straßensperre für ihn bestimmt war, dann konnte es sich nicht nur um einen Entführer handeln; dann mussten logischerweise, mehrere Personen beteiligt gewesen sein.

Eine noch wichtigere Frage lag auf dem Tisch: Woher hatten die Entführer alle diese präzisen und eigentlich geheimen Informationen? Auf diese Frage gab es nur eine Antwort. Es konnte sich nur ein Maulwurf irgendwo eingenistet haben. Jedoch, wer und wo? War noch eine andere Frage. Allerdings war die Zahl der Eingeweihten eher gering, zumindest, so glaubte man auf diesem Betriebsgelände.

Sogleich wurden die beiden hauseigenen Detektive mobilisiert. Gleichfalls wurde die zuständige Polizei in Manaus informiert. Zwei Beamte würden den bereits Anwesenden Detektiv des Konzerns unterstützen. Diesem, Zutritt und Einblick, zu allgemein unzugänglichen Räumen, verschaffen.

Der zweite Ermittler begann mit der Suche nach Indizien, die ihn auf die Fährte eines vermuteten Denunzianten lotsen könnten.

Die Verantwortlichen des Projektes befanden sich in einer schwierigen Lage. Noch war es ja nicht einmal sicher, dass Karin Laroche wirklich entführt wurde.

Es regnete immer noch in Strömen. Der Geländewagen mit „Charly Thompson" und Karin Laroche an Bord hatte die asphaltierte Straße bereits seit einiger Zeit verlassen.

Auf einem, bei günstigen Bedingungen, doch verhältnismäßig gut befahrbaren Buschweg, ging es an jenem Tag doch nur noch langsam voran. Es holperte gewaltig und dann und wann, in einer überschwemmten Delle, brach die braune Brühe wie eine Flutwelle über das Fahrzeug zusammen. Die Scheibenwischer leisteten Schwerstarbeit und nur die Sicherheitsgurte hielten die beiden Insassen auf ihren Sitzen.

Wenn Charly sich auch mehrmals seinen Hut wieder zurechtrücken musste, so schien er doch nicht besonders beeindruckt von der Lage. Karin hingegen griff ständig nach allem, woran sie sich zusätzlich noch festhalten konnte.

Hinzu kam die tropisch feuchtschwüle Luft, die im geschlossenen Fahrzeug, immer unerträglicher wurde.

Plötzlich hielt Charly einen Augenblick an, um die Piste vor ihnen, etwas genauer zu beobachten. Dann fuhr er wieder langsam an. Irgendwas schien ihn nun doch zu beunruhigen.

„Scheiße!!!", murmelte er vor sich hin.

„Was ist passiert ..., kommen wir nicht mehr weiter?"

„Naja ..., ich kann es noch nicht genau abschätzen, aber da liegt uns was im Weg. Es könnte ein Ast oder ein kleiner Baum sein."

Dann hielt er erneut an.

„Bleiben Sie ruhig im Wagen, ich sehe mir die Sache mal genauer an."

„Was meinen Sie, könnte es gefährlich sein?", fragte Karin bedrückt.

„Ach nein ..., ich glaube nicht. Wissen Sie, Karin, wir sind hier an solche Zwischenfälle gewohnt. Es ist der Regen, die Erde ist total aufgeweicht. Da passieren immer wieder solche Sachen."

Dann stieg er aus und näherte sich, im strömenden Regen, dem Hindernis. Nachdem er die Sachlage kurz beurteilt hatte, kam er zurück, öffnete die Wagentür und zog eine Machete hinter seinem Sitz hervor.

„Es ist nichts Ernsthaftes." Sagte er. „In wenigen Minuten geht's weiter."

„Sie sind ja schon vollständig durchnässt!"

„Nun, das ist eine ökonomische und rapide Gelegenheit ein Bad zu nehmen, das Hemd zu waschen und sich zu erfrischen, alles in einem!"

Noch laut lachend schloss er die Wagentür und machte sich an die Arbeit.

Immer noch in ihrer, an den europäischen Wintertemperaturen angepassten Kleidung, saß Karin schweißgebadet, wie in einem Backofen. Eine Weile lang beobachtete sie noch Charlys Aktivität. Doch dann entschied sie sich endlich, der quälenden Hitze entgegen zu treten.

Mit einem energischen Handgriff löste sie ihren Sicherheitsgurt und begann wie fieberhaft ihre mollige Robe zu öffnen. Sie hatte es schließlich satt noch länger diese Schwüle zu ertragen.

Wissend, dass Charly sie nicht beobachten konnte, suchte sie schnellstens in ihrem Koffer nach einem luftigeren Gewand. Dann riss sie sich alles Unnütze vom Leibe, verstaute dieses Zeug in den Koffer und schlüpfte in ein geeigneteres Röckchen.

Als sie dann ihr Gepäckstück wieder in den hinteren Teil des Wagens verfrachtete, bemerkte sie, dass ebenfalls ein ähnliches Buschmesser an der Rückseite ihres Sitzes angebracht war.

Sie zögerte einen Augenblick, doch dann zog sie das mächtige Messer vorsichtig aus seinem Futteral und legte es neben sich auf den freien Fahrersitz. Was in den folgenden Momenten in ihrem Bewusstsein geschah, war kaum zu glauben.

Die bis zu diesem Zeitpunkt, so schüchterne, immer ängstlich und verschlossene Karin Laroche, schien plötzlich wie aus einem Traum zu erwachen.

Mit einem energischen Griff riss sie ihr Oberteil auf, dass sogar ein Knopf gegen die Windschutzscheibe prallte. In einem Zug ergriff sie die Machete und stieg aus.

Ihr entschiedenes Voranschreiten durch den knöchelhohen Schlamm und der Tatsache zum Trotz, dass auch sie in wenigen Augenblicken, bis auf die Haut durchnässt neben Charly stand, schien sie plötzlich nicht mehr zu behelligen.

„Was soll das den nun? Wieso sind Sie nicht im Wagen geblieben?", fragte er erstaunt, ohne sie zunächst anzusehen.

„Ich komme Ihnen helfen, zu zweit geht das doch schneller voran."

Ohne weiteren Meinungsaustausch, begann Karin Äste abzuschlagen. Dann erst warf er einen flüchtigen Blick in ihre Richtung. Er hielt inne, er erstarrte regelrecht sie so, da zu sehen.

„Verdammt noch mal!!! Sind Sie das, Karin, oder beginne ich zu halluzinieren?"

„Wer könnte es denn wohl anders sein?"

„Na ja, so hatte ich mir Sie eigentlich nicht vorgestellt", meinte er, indem er seine Arbeit wieder aufnahm.

Karin war irgendwie überrascht über Charlys Antwort. Sie hatte nicht daran gedacht, dass ihre nun luftige, durchnässte, auf der Haut klebende Kleidung, ihre weiblichen Reize dergleichen zur Schau stellten, könnte.

Während dem man beiderseits eifrig beschäftigt war die Durchfahrt freizuschlagen, wurden Charlys Blicke immer wieder unwillkürlich in die Richtung seiner ahnungslosen Begleiterin hingelenkt.

„Seien Sie vorsichtig mit Ihrem Werkzeug, das ist ein saugefährliches Instrument!", sagte er, um über seine anders interessierten Blicke, hinweg zu täuschen.

„Keine Sorge, Charly, ich bin auf dem Land aufgewachsen. Ich habe so was schon in meiner Jugend mit meinem Vater gemacht. Außerdem kam mir das Verlangen, Ihre himmlische Brause zu testen. Ich kann nur sagen: Hier draußen ist es angenehmer als dort hinten, in Ihrem Brutkasten."

„Na schön, ich sag ja auch nichts mehr. Jedenfalls ..., finde ich ..., dass Sie über ungeahnte Argumente verfügen ...", fast hätte er sich verplaudert.

5

Die Männer am Flughafen standen immer noch vor einem Rätzel. Einpaar schmächtige Indizien, verliefen alle im Sand.

Die drei ratlosen Ermittler ratschlagten in der Ankunftshalle, unweit des Eingangs, als irgendwer unter ihnen, einen Mann beobachtete, der draußen neben der Tür stand.

Den Utensilien nach zu urteilen, welche neben ihm standen, konnte es sich nur um eine Person handeln, die wahrscheinlich, einer Putzkolonne angehörte.

Auch einer der Polizisten erinnerte sich gleich an diese Person. Er hatte diesen Mann, nun bereits vor etwa zwei Stunden dort draußen gesehen, nur etwas abseits. Es war zu dem Zeitpunkt, als sie am Flughafen eintrafen.

Vielleicht war dieser unscheinbare Geselle, auch schon irgendwo dort anwesend, als die Maschine aus Paris landete. Warum auch nicht? Wenn, dann hätte er eventuell, etwas Auffälliges beobachten können. Jedenfalls musste man, auch die geringste Möglichkeit, etwas zu erfahren, in Augenschein nehmen.

Der Mann schien etwas aufgeregt und griff verwirrt nach seinem Werkzeug, als er die beiden Polizisten und ein dritter, gut gekleideter Herr, auf sich zukommen sah. Scheinbar wäre er ihnen lieber aus dem Weg gegangen, doch dazu war es zu spät.

Man beruhigte ihn gleich, indem man ihm erklärte, dass ihre Präsenz nichts mit ihm persönlich oder seiner Arbeit zu tun habe.

Erleichtert stammelte er trotzdem:

45

„Bei dem Regen kann ich nicht viel machen. Ich stehe nun schon hier herum seit sechs Uhr heute Morgen und habe noch fast nichts getan. Und wenn ich nichts tue, bekomme ich kein Geld."

„Na, das ist ja nicht sehr erfreulich für Sie, guter Mann", meinte der Detektiv.

„Aber ..., wenn Sie seit sechs Uhr hier draußen sind, dann können Sie sich vielleicht doch an die Ankunft eines Fluges aus Frankreich erinnern? Es war kurz nach Sieben."

„Wissen Sie, ich kümmere mich eigentlich nicht besonders um die vielen Menschen die hier ein- und ausgehen. Ich habe eher so meine eigenen Probleme im Kopf."

„Na ja, kann ich mir vorstellen. Aber ..., vielleicht ist Ihnen doch etwas ..., ich meine, etwas Ungewöhnliches aufgefallen. Vielleicht eine Person, ein Gedränge, Streitigkeiten oder sonst was."

„Nein ..., nichts dergleichen."

„Na dann ..., endschuldigen Sie uns, dass wir Sie belästigt haben", sagte der Detektiv, indem er dem Mann einen Schein in die Hand drückte. „Das wird Ihnen hoffentlich diesen miesen Tag etwas verschönern", fügte er hinzu.

Der Mann bedankte sich recht herzlich, und während die drei Ermittler sich wieder zurück ins Gebäude begaben, rief er Ihnen plötzlich zu:

„Hallo, Mister ..., hallo!!! Ich weiß, nicht ob es Ihnen behilflich sein kann ..., mir fällt da ein, da war doch diese junge Dame und der Herr in so etwas wie Buschkleidung, eine Art Ranger. Was mir an ihr auffiel, war ihre komische Kleidung. Die beiden passten eigentlich gar nicht zusammen."

Sogleich machten die Ermittler kehrt und näherten sich erneut.

„Aber gewiss, mein lieber Freund! Das könnte uns in der Tat behilflich sein. Vielleicht können Sie uns die junge Dame etwas genauer beschreiben?"

„Genauer beschreiben ..., was soll ich dazu sagen? Bei dem Regen beeilten sich die beiden, zu ihrem Fahrzeug zu gelangen. Wie schon gesagt, es war ihre Kleidung, die mich beeindruckte. Im Allgemeinen sind die europäischen Frauen eher luftig gekleidet, wenn sie hier bei uns aussteigen. Diese hingegen, erweckte den Eindruck als käme sie vom Nordpol."

„Mag ja sein. Nur vergessen wir nicht, es ist ja auch Winter da drüben. Was uns interessieren könnte, wäre, unter anderem, auch ihre Haarfarbe. Hatte sie langes oder kurzes Haar? Könnten Sie sich vorstellen, dass sie von ihrem Begleiter irgendwie bedrängt erschien?"

„Nein, nein, es war nichts dergleichen zu erkennen. Sie waren nur in Eile. Ich glaube, ihr Haar war eher dunkel. Jedenfalls nicht blond, und in einen ziemlich langen Zopf geflochten."

Die Detektive waren sich einig: Diese junge Dame konnte nur Karin Laroche gewesen sein. Doch wer war dieser „Begleiter"?

Über das Fahrzeug konnte der Putzer keine Auskunft geben. Es befand sich zu weit von seinem Standpunkt entfernt um das Kennzeichen zu erkennen.

„Außerdem war alles verdreckt und das Kennzeichen interessierte mich ja auch nicht", erklärte er den Ermittlern.

6

Am darauf folgenden Morgen, war die Regenfront abgezogen und der Himmel fast wolkenlos.
Der projektleitende Ingenieur, Charly Thompson, hatte nur wenig geschlafen. Er hatte fast die ganze Nacht in seinem Büro verbracht.
Die Berichte, des ersten Arbeitstages der Ermittler, ergaben noch keine eindeutige Erklärung der Geschehnisse. Wenn es sich auch, fast mit Sicherheit, nur um eine Action der Konkurrenz handeln konnte, so blieb zurzeit, die Suche nach einem internen Spion ebenfalls erfolglos.

Während am Vormittag alle Beteiligten erneut im Konferenzsaal der Intermetal berieten, landete ein Hubschrauber der „Mobile Force", auf dem Landeplatz der Polizeigebäude in Manaus.
Komandant Ricardo da Silva, Leutnant Filipe Peres und Sergeant Naldo Santos, kehrten von einem Routineeinsatz zurück.
Unter anderen, eher trivialen Beobachtungen, meldete die Crew einen imposanten Erdrutsch im Dschungel. Etwa siebzig Meilen, im Nordwesten von Manaus, war ein Hang, über eine Breite von, schätzungsweise einer halben maile, in eine Schlucht abgesackt.
Anhand der Koordinaten konnte man zwar den Bereich genau auf der Karte lokalisieren, jedoch die Luftaufnahmen, selbst aus Baumgipfelhöhe, ergaben kein genaues Bild der Sachlage. Die ineinander verkeilten Baumstämme und das wuchernde, zerfetzte Unterholz, versperrten die Sicht auf den Untergrund.

In jenem Bereich waren auf den Geländekarten der "Mobile Force", allerdings keine Behausungen verzeichnet, jedoch eine hohle Piste verlief genau an dieser Stelle.

Man ging immerhin davon aus, dass bei den Wetterbedingungen der letzten Tage, irgendwer mit gesundem Menschenverstand, diesen Weg in Anspruch genommen haben konnte.

Die Durchfahrt zu diesem Bereich musste jedenfalls, unverzüglich gesperrt werden.

Womöglich bestand immer noch die Gefahr einer gewissen Unstabilität des Gebietes. Demzufolge benötigte der kommandierende Offizier genauere Informationen, bevor er weitere Schritte einleiten konnte. Er wollte keinesfalls die Sicherheit seiner Männer aufs Spiel setzen, indem er sogleich Räumfahrzeuge oder sonstig schweres Material vor Ort beförderte.

Er entschloss sich hingegen, noch am gleichen Vormittag, eine Vierermannschaft von einem Hubschrauber abseilen zu lassen, um sich auf diese Weise, vorerst einen genauen Überblick zu verschaffen.

Kommandant da Silva und Leutnant Peres, besetzten erneut die Pilotenkanzel. Der Verantwortliche an der Seilwinde war, Sergeant Diego de Souza und weitere vier, speziell für Rettungseinsätze ausgebildete Männer, stiegen an Bord.

Kurz vor elf Uhr startete dann der Hubschrauber vom Landeplatz, und drehte gleich in Richtung Nordwesten ab und wenig später überflog die Mannschaft bereits ihr Ziel.

Kommandant da Silva brachte die Maschine in Position, und das Absetzen der Einsatzkräfte konnte beginnen.

Nachdem der Erste den Boden berührt und die Situation, als verhältnismäßig ungefährlich, eingeschätzt hatte, wurden auch seine drei Kameraden abgeseilt. Ihr Einsatz war auf zwei Stunden limitiert.

Die Funkverbindung wurde noch überprüft, dann kehrte die Maschine zu ihrem Standort zurück.

Die Männer kämpften sich nun schon seit einer geschlagenen Stunde durch das Desaster.

„Ich sehe hier irgendwas, etwas tiefer gelegen, es könnte ein großer Felsbrocken sein, das möchte ich mir mal ansehen", meldete einer der Männer an seine Kameraden. „Nur komme ich von hier aus nicht näher heran. Ihr müsstet mal von drüben versuchen."

„OK, Carlos! Etwas tiefer sagst du?"

„Ja ..., etwa fünfzig Meter tiefer und rechts von euch."

Bald stellte sich heraus, dass der vermeintliche Steinbrocken nicht aus Stein war. Der hochragende Geröllhaufen verbarg das Heck eines Fahrzeuges.

Eiligst versuchten die Männer, mit ihren Faltspaten, eine Öffnung freizulegen.

Die Scheiben waren zwar zerborsten, doch die Äste, Stämme und sonstiges Gestrüpp, hatten das Eindringen der Erdmassen ins Innere, weitgehend verhindert.

Während dessen hatte auch Carlos, über Umwege, das Wrack erreicht und staunte nicht schlecht.

„Hatte ich mir doch gleich gedacht, dass da etwas nicht stimmte. Solch dicke Felsbrocken konnte es hier eigentlich nicht geben", sagte er mit einem gewissen Eigenlob in der Stimme. „Könnt ihr schon ins Innere sehen?"

„Schon, nur kann man noch nicht viel erkennen. Es ist verdammt schwierig, eine größere Öffnung freizulegen ...! Außerdem läuft uns die Zeit davon. Wir werden nicht mehr viel erreichen, bevor der Heli zurückkommt."

„OK. ..., wie viel Zeit benötigen wir noch schätzungsweise?"

„Nun ..., eine bis zwei Stunden, denk ich mal."

„Gut, ich versuch dann mal, die Funkverbindung mit der Kommandozentrale herzustellen."

Dort war man genauso überrascht und neugierig wie die vier Männer vor Ort und die Zusage für eine Zeitverlängerung des Einsatzes kam nur wenige Minuten später.

Eine Stunde später hatte man den Innenraum komplett durchwühlt. Mann hatte zwar Gepäckstücke ans Tageslicht befördert, jedoch von den Insassen fand man nicht die geringste Spur.

Noch am gleichen Nachmittag wurden die Fundstücke untersucht und die Indizien überprüft. Hierzu hatte man nun auch den Polizeikommissar, ein guter Bekannter und Freund, von Charly Thompson, hinzugezogen.

Dieser hatte sogleich seinen Freund Charly informiert, welcher nur eine knappe halbe Stunde später, mit dem Helikopter der „Intermetal", in Manaus eintraf.

Für alle Teilnehmer begann nun erneut das große Rätzelraten.

Eines lag auf der Hand, die Gepäckstücke, alle samt, gehörten Karin Laroche an. Denn in jedem Einzelnen fand man eindeutige Hinweise.

Nachforschungen ergaben, dass das Fahrzeug in Bolivien angemeldet war und einem gewissen, Karl Klein gehörte. Man ging davon aus, dass der Eigentümer auch, zur Zeit des Unfalls, am Steuer gewesen war. Somit blieb man bei der Theorie, dass nur diese beiden Personnen an Bord waren.

Doch was war mit den beiden geschehen? Der Absturz konnte nur äußerst heftig gewesen sein. Sie wurden mit Sicherheit aus dem Fahrzeug geschleudert, denn sie waren nicht angeschnallt; die Sicherheitsgurte waren offen.

Wenn es denn so gewesen sein sollte, dann würde man ihre Leichen wohl nie finden.

Dann kam einem der Beamten die Idee, dass sie vielleicht frühzeitig ausgestiegen sein könnten. Doch keiner konnte diese Annahme so recht nachvollziehen. Es blieb ihnen wohl kaum die Zeit ihre Gurte zu lösen und abzuspringen. Selbst wenn dies ihnen noch gelungen wäre, wären sie trotzdem unweigerlich von der gewaltigen Masse, die auf sie herabdonnerte, mitgerissen worden.

Inzwischen waren nun auch weitere Informationen bezüglich des genannten, Karl Klein eingetroffen.

„Nun ...", begann der Polizeikommissar, während er einen prüfenden Blick auf das Dokument warf. „Jedenfalls war unser Freund Klein, kein Schwerverbrecher. Wie ich hier sehe, hatte er, zumindest bis jetzt, keine nennenswerten Probleme mit der Justiz. Ich würde sagen, er war nicht mehr als ein kleiner Abenteurer, der sich sein Geld mit, mehr oder weniger legalen Jobs verdiente."

„Aber einen stattlichen, fahrbaren Untersatz besaß er!"

„Na ja ..., kann man nicht abstreiten. Dennoch, so wie es aussieht, war das auch sein gesamtes Hab und Gut."

„Moment mal ...!", unterbrach Kommandant, da Silva. „Man erwähnte eben, dass er gewiss ein genaues Ziel vor Augen haben musste, um sich in diese gefährliche Situation zu bringen.

Genau das war es. Er hatte ein Ziel vor Augen! Ich kenne diese Gegend. Ich habe dieses Gebiet zig Male überflogen. Und wie ich so überlege, fällt mir ein, dass sich nur noch etwa zehn Meilen weiter voran, eine kleine Lichtung öffnet. Sie hätten nur eine ganz kurze Strecke zu Fuß zurücklegen müssen, um diese zu erreichen. Mit einem leichten Helicopter hätte man dort ohne Problem landen können. Das war mit Sicherheit sein Ziel. Dort sollte er Karin Laroche, sozusagen aushändigen und damit wäre sein Auftrag erledigt gewesen."

Die Vermutung des Kommandanten ergab eine denkbare Erklärung zum Verlauf der Dinge. Jedoch, obschon man, an diesem Spätnachmittag, aus den Fakten und Hypothesen, einen mehr oder weniger plausiblen Überblick zusammengebastelt hatte, blieb Charly Thompson der große Verlierer.

Wenn auch beschlossen wurde, das Wrack jedenfalls, in einpaar Wochen zu bergen, so verblasste für ihn, mehr und mehr, die Aussicht seine so wichtige Mitarbeiterin, jemals begrüßen zu können.

Der weltweit größte Regenwald Amazoniens bedeckt mehr als die Hälfte Brasiliens und der Überlebenskampf, war und bleibt, für Eindringlinge jeder Art, eine unvorstellbare Herausforderung.

Karin Laroche und Karl Klein, die beiden, die man irgendwo unter Tausende Tonnen Geröll begraben glaubte, hatten die Flucht, im letzten Augenblick und in die richtige Richtung ergriffen. Hätten sie versucht noch ihr Fahrzeug zu erreichen, wäre dies mit Sicherheit das Ende gewesen.

Außer ihrem Leben, was sie am Leibe trugen und ihre beiden Macheten hatten sie alles verloren. Nun mussten sie, sich begnügen mit dem, was ihnen geblieben war.

Seit drei Tagen kämpften sie sich nun bereits mühsam, in dieser grünen, feuchtschwülen Hölle voran und die Strapazen der vergangenen Tage hatten deutliche Spuren hinterlassen. Wenn Klein, in seiner buschgerechten Uniform noch einigermaßen in die Umgebung passte, so befand sich Karins Sommerkleidchen in einem desaströsen Zustand.

Nach und nach, kamen sich die beiden „Schiffbrüchigen" näher, denn Klein, der sich als Überlebenskünstler und Regenwaldexperte entpuppte, sorgte sich mütterlich um seine Begleiterin. Er fand immer, Ess- und Trinkbares, erklärte ihr, was gefährlich sei und wo die größten Gefahren lauerten.

Man war an einem Punkt angelangt, an dem man sich einigte, doch die Höflichkeitsformen einzuschränken und sich ab dann mit ihren Vornamen anzureden. Jedoch wurde es Klein irgendwie unangenehm, dass sie ihn „Charly" nannte. Er überlegte, obschon er darum bangte, ihre Gunst zu verlieren, ob es nicht doch angebrachter wäre, endlich Klarheit zu schaffen.

Es war am Spätnachmittag des vierten Tages, als sie haltmachten, um sich für eine weitere Nacht unter freiem Himmel vorzubereiten.

Klein hatte bereits im Laufe des Nachmittags, für das Abendbrot vorgesorgt. Als dann auch die verhältnismäßig komfortablen und auch sicheren Liegeplätze hergerichtet waren, zündete er, auf seine Art und Weise, noch ein kleines Lagerfeuer an.

Während dem Karin noch etwas Holz aus der nahen Umgebung herbeischaffte, ließ sich Klein am Fuße eines Baumes nieder und lehnte sich an. Er hatte seinen Hut tief über die Augen geschoben, als Karin sich neben ihm setzte.

„Schläfst du schon, Charly?", fragte sie behutsam.

„Nee ..., ich denke nach", erwiderte er mit ruhiger Stimme.

„Ach so ..., über was, wenn ich fragen darf?"

„Ja, du darfst ... Über uns und die ganze Scheiße, in die ich dich hineingezogen habe!"

„Aber Charly ...! Es war doch nicht deine Schuld, was passiert ist."

„Denkst du", sagte er, indem er seinen Hut zurückschob und sie ansah. „Hast du dir nicht die Frage gestellt, warum ich dir nie auf deine komplizierten, technischen Fragen geantwortet habe?"

„Nein ..., warum sollte ich? Vielleicht ..., vielleicht hattest du keine Lust darüber zu reden. Oder ...?"

„Falsch ..., ganz einfach weil ich es nicht konnte!"

„Was soll das denn nun wieder?"

„Nun ..., weil ich absolut keine Ahnung davon habe ..., ich meine, von eurem technischen Kram."

Darauf folgte ein Augenblick Stille. Nur die Geräusche und Stimmen des Regenwaldes konnte man hören.

„Krass ...! Meinst du nicht auch?", unterbrach Klein das Schweigen. In seiner Stimme machte sich eine gewisse Aufregung bemerkbar. „Was soll's ..., für mich ist sowieso alles zum Teufel! Ich mach nicht mehr mit ...!"

„Was machst du nicht mehr mit? Du planst doch wohl nicht abzuhauen, und mich hier alleine zu lassen?"

Klein fuhr wie erschrocken hoch und ergriff Karins Hand.

„Wie kannst du so was nur denken, Karin! Ich liebe dich, Karin ..., von ganzem Herzen! Ich würde dich niemals zurücklassen und wenn ich dabei draufgehen würde!"

„Aber, Charly ..., ich liebe dich auch! Seitdem wir vor einpaar Tagen dort im Regen gearbeitet haben empfinde ich ..., zum ersten Mal, dieses seltsame Gefühl in mir. Was ist plötzlich los mit dir, Charly? Erklär mir endlich ..."

„Ich habe Angst dich zu verlieren ...! Nur ..., was auch geschehen wird, ich muss endlich ehrlich zu dir sein ..."

„Also dann ..., raus mit der Sprache ...! Was ist los?"

„Karin ..., ich bin nicht der, den du glaubst. Ich bin nicht Charly Thompson ...! Mein Name ist Karl Klein ..."

„Was du nicht sagst ...!"

Dann herrschte erneut Stille. Karin spürte, wie Karls Hand in der Ihren zitterte. Sie schien erstaunlich ruhig und blickte gelassen umher. Plötzlich sagte sie:

„Na dann ..., dann heißt du eben Karl ..., ist ja auch egal ...", meinte sie seelenruhig. „Es ist nur, ich verstehe nicht ganz. Charly

Thompson sollte mich doch am Flughafen abholen. Warum hast du dich nicht gleich dort mit deinem richtigen Namen vorgestellt?"

Klein überlegte einen Augenblick, dann sagte er:

„Ich konnte nicht anders, es war nun mal so vorgeschrieben. Außerdem konnte ich ja nicht ahnen, dass alles so kommen würde ..., ich meine, erst dieser Unfall und dann, dass ich mich so in dich verlieben würde. Aber ich verspreche dir, ich werde dir alles erklären. Lass mir bitte ein wenig Zeit. Im Augenblick müssen wir uns darum kümmern aus diesem Schlamassel raus zu kommen. Erst müssen wir uns in Sicherheit bringen."

„Einverstanden!", sagte Karin kurz, indem sie noch etwas zögernd, eng an seine Seite rückte. Noch einen Augenblick lang starrten sie sich bewegungslos an, dann küssten sie sich.

Nach einem langen, leidenschaftlichen Kuss, schien Karin irgendwie erregt.

„Karl ..., unser Feuer geht aus!", stammelte sie und griff eigentlich wahllos nach etwas Brennbarem.

Karl konnte sich ihr eigenartiges und so spontanes Verhalten nicht erklären. Hatte er etwas falsch gemacht?

Es war doch eher ihr eigenes Vorgehen, welches sie in diesen Zustand versetzt hatte. Sie hatte nur äußerst wenig Erfahrung auf diesem Gebiet. Bislang hatten nur, ihr Studium und ihre Arbeit, ihre Gedanken beschäftigt.

Karl ahnte nicht, dass er der erste Mann in ihrem Leben gewesen sein könnte, dem sie so nahe gekommen war.

Nachdem sie Minuten lang, stillschweigend im Feuer herumgestochert hatte, war ihr bekanntes, ruhiges Wesen in sie zurückgekehrt. Sie setzte sich zu ihm und sagte leise:

„Es war sehr schön, Karl."

„Das will ich doch hoffen", sagte er, indem er zärtlich ihr langes Haar streichelte. „Wir sollten etwas schlafen. Morgen haben wir einen neuen, harten Tag vor uns.

Ruh dich aus, ich übernehme die erste Wache."

Im Laufe des darauf folgenden Tages erreichten sie eine steinigere Gegend. Je weiter sie voran kamen, desto voluminöser und zahlreicher wurde das Gestein. Nachdem sie sich, wie seit einigen Tagen, erneut mit ihren Macheten einen Durchgang geschlagen hatten, standen sie urplötzlich am Fuße einer fast senkrechten Felswand.

„Hier geht's nicht weiter, zumindest nicht gerade aus!", meinte Karl mit einem ironischen Lächeln.

„Und ..., was machen wir nun?"

„Weißt du was, Karin, wir legen einfach eine Pause ein. Ich sage immer: Erst überlegen, dann handeln."

Er warf einen flüchtigen Blick auf seine Armbanduhr, dann sagte er:

„Wenn du willst, mach uns schon mal ein geeignetes Plätzchen frei. Ich mache, in der Zwischenzeit, einen Abstecher in den „Supermarkt", uns etwas zum Knabbern suchen. Gleichzeitig sehe ich mir mal die Umgebung an. Mal sehen wie wir weiterkommen."

„Ist in Ordnung, aber geh nicht zu weit! So alleine bin ich doch etwas unsicher."

„OK, keine Sorge, bin gleich wieder da!"

Seitdem die beiden am Morgen aufgebrochen waren, machte Karin eine scheinbar harmlose Verletzung am rechten Oberschenkel, die sie sich am Vortage zugezogen hatte, zu schaffen.

Als Karl im Dickicht verschwunden war, schürzte sie ihr, doch bereits arg mitgenommene, Kleidchen hoch, um die nun doch schmerzende Wunde zu untersuchen.

Es sah nicht besonders erfreulich aus. Rundum war die Haut rötlich angelaufen und beim Befingern schmerzte es gewaltig.

Dem zum Trotz machte sie sich an die Arbeit, doch nachdem sie an der Wunde gedrückt und gefummelt hatte, wurden die Schmerzen noch durchdringender. Sie setzte sich erneut um ihre Selbstverpflegung fortzusetzen.

Überrascht stülpte sie rasch ihr Röckchen über die Beine, als Karl neben Ihr aus dem Busch auftauchte. Doch zu spät, er hatte gesehen, was sie ihm verheimlichen wollte und ebenfalls, dass etwas nicht stimmte.

Obschon der Annäherungsversuch am Vorabend erfolgreich war und die beiden sich vertraulicher entgegen kamen, so kämpfte Karin doch immer noch mit ihrer Befangenheit.

„Hallo, da bin ich wieder!", rief er. Um sie nicht gleich mit neugierigen Fragen zu überfallen, fügte er hinzu: „Ich habe dort hinten am Berg ein kleines Bächlein entdeckt. Jetzt können wir endlich dem Durst richtig an den Kragen gehen."

Darauf zog er seine Feldflache und reichte sie ihr.

„Hier trinke mal einen guten Zug. Ich hab das schon an Ort und Stelle erledigt. Hast du dich verletzt?", fragte er dann.

„Ach, nichts Schlimmes. Nur ein keiner Kratzer."

„Du bist dir nicht bewusst, Karin, aber hier im Regenwald, kann ein kleiner Kratzer äußerst gefährlich werden", mahnte er. „Wann hast du dich verletzt, jetzt vor Kurzem?"

„Nun ..., na ja ..., nein, es war gestern Nachmittag."

„Was ...! Gestern Nachmittag! Warum hast du mir nichts davon gesagt? Das muss ich mir jetzt sofort ansehen."

„Aber Karl ..., muss das jetzt sein? So schlimm ist es doch gar nicht."

Nach kurzem Wenn und Aber konnte Karin nicht anders als zugeben, dass die Wunde sie unheimlich quälte, und entschied sich endlich doch, Karl an ihr Bein heranzulassen.

Kaum hatte er die Sache in Augenschein genommen, machte er mit etwas beunruhigter Stimme:

„Oh je, oh je ...! Das sieht aber gar nicht gut aus! Du hättest es mir schon gestern Abend sagen müssen. Hoffentlich bekommen wir das noch in den Griff."
„Ist so wenig denn wirklich so schlimm, wie du tust?"
„Ich werde mich jetzt sofort darum kümmern und dann werden wir ja sehen, wie es morgen früh aussieht. Jedenfalls können wir vergessen, heute noch weiter zu marschieren.
„Es tut mir leid, Karl!", sagte sie demütig.
„Schon gut, schon gut ...! Du bist ein schlaues Mädchen, doch was unser Unternehmen hier im Busch angeht, hasst du noch einiges hinzuzulernen.
Du bleibst jetzt ruhig da sitzen, während ich das Nötige zum Verarzten herbeischaffe. Es dauert nicht lange, dann bin ich wieder da. Alles klar?"
„Ja, Karl ..., Karl ...! Es tut mir wirklich leid."

Er machte noch eine billigende Handbewegung, dann verschwand er wieder im Dickicht, an der gleichen Stelle, dort, wo er, vor ein Paar Minuten, hervor gekommen war.
So wie er es sagte, erschien er auch nur wenig später mit einer Handvoll irgendwelcher Blätter. Karin beobachtete ihn skeptisch, als er sein Mitbringsel neben ihr auf den Boden legte.

„Was ist das?"
„Das sind die Blätter und einpaar Wurzeln einer "Beinwell" Pflanze. Die werden wir gleich zubereiten und damit eine Kompresse auf deine Wunde anlegen. Dann können wir nur abwarten. Mal sehen, wie die Sache morgen früh aussieht."

Nachdem Karl sich als geschickter Medizinmann bewiesen hatte, begann er ein verhältnismäßig komfortables Lager, für die kommende Nacht, einzurichten.

Von Entführung oder dergleichen konnte zu dem Zeitpunkt, keine Rede mehr sein. Sie saßen, gewissermaßen, im gleichen Boot. Karls einziges Ziel war, Karin heil aus diesem Schlamassel heraus zu bringen und sie dorthin zu bringen, wo sie eigentlich längst hätte sein sollen. Was aus ihm und der beiden, nun immer innigeres Verhältnis zueinander, werden sollte, wusste er noch nicht. Doch, die eine oder andere Idee, schlummerte bereits in seinem Hinterkopf.

Am nächsten Morgen, nachdem er den ersten Verband abgenommen hatte, bemerkte er, dass die Entzündung, die am Vortage schon deutlich eingenistet war, sich erkennbar zurückgebildet hatte.

Dessen ungeachtet entschied er, an jenem Tag noch nicht aufzubrechen. Mit mehr als einem kurzen, gemeinsamen Rundgang, um die nähere Umgebung auszukundschaften, wollte er Karin noch nicht belasten.

Sie gingen bis zu dem Bächlein, wo er die Wunde peinlichst säubern und ihr eine frische Bandage anlegen konnte.

Auf dem Rückweg zu ihrem Lager zeigte und erklärte er ihr einiges über, ihr noch unbekannte Pflanzen, Früchte und Tiere. Er legte ihr ans Herz, nie etwas abzuschmecken, bevor sie es ihm gezeigt habe, gleich wie köstlich es auch anmuten könnte.

Den Rest des Tages verbrachten sie im Lager, ruhten sich aus, turtelten ein wenig und stärkten so auch ihr intimes Verhältnis.

Am darauf folgenden Tag war Karins Bein wieder so weit in Ordnung, zumindest so weit, dass sie weiterziehen konnten.

Karl schlug vor dem Lauf des Baches zu folgen, denn er wusste, dass sie auf diesen Pfaden, bald ihre Malzeiten, mit frischem Fisch etwas anreichern konnten.

Nach fast zwei Stunden des kräftezehrenden Vormarsches war das schnelle Bächlein langsam zu einem stillen, breiteren und tieferen Bach herangewachsen.

An einer ruhigen, kleinen Bucht legten sie eine Pause ein. Gleichwie mühevoll sie diesen Augenblick angestrebt hatten, so riet Karl, Karin, ihre brennenden Füße doch nicht gleich in das kühle Nass zu tauchen. Er war offensichtlich mit den Tücken und Gefahren des Regenwaldes vertraut. Er war ständig auf der Hut, so auch in dieser Situation, denn es war noch nicht eindeutig geklärt, was sich alles dort unter der Oberfläche herumstrolchte.

Nachdem Karl die Sachlage inspiziert und ein Fußbad als ungefährlich eingeschätzt hatte, machte er sich daran, eine Angel zu basteln. Im Unterholz hatte er eine artgerechte Rute gefunden. Eine Angelschnur mitsamt Haken brachte er zum Vorschein aus einem der Fächer an der Innenseite seiner Jacke. Köder gab es in Hülle und Fülle in der feuchten Erde am Rande des Baches.

Und, sie hatten Glück! Nur wenig später, Karl hatte nur zwei- oder dreimal die Schnur, erfolglos ausgeworfen und dann beim darauf folgenden Wurf bereits, ein Prachtexemplar an Land zog.

Dieser Fang hätte schon ausgereicht um ihren Hunger zu stillen, doch nun hatte er keine Lust mehr, nur mit halb vollem Magen, den Ort zu verlassen.

So ging es nun Tag für Tag weiter voran. Immer wieder musste er seine Leidensgefährtin aufmuntern, obwohl er genau wusste, dass man das Ziel, welches er vor Augen hatte, noch lange nicht erreicht hatte.

7

In der einzigen kleinen Straße, die das Dörfchen „la Pommeraie" durchquerte, beobachteten die Anwohner etwas Ungewöhnliches.

Bereits seit einer Stunde hielt eine luxuriöse Limousine vor dem Hause „Laroche". Eine feine Dame und ein gut gekleideter Herr waren ausgestiegen und ins Haus gegangen.. Noch rätselte man darüber in der Nachbarschaft, was das wohl zu bedeuten habe.

Als dann plötzlich die Nachbarin von gegenüber, eiligen Schrittes die Straße überquerte und ebenfalls im Hause Laroche verschwand, ahnte man, dass wohl irgendwas passiert sein könnte.

Nach und nach erschienen nun auch die andern Nachbarn auf der Straße. Doch niemand wusste etwas Genaues. Man stellte sich die Frage, wer wohl die beiden Personen mit der stattlichen Limousine sein könnten. Man hatte auch nicht gehört, dass einer der Alten Laroche erkrankt sei.

Doch dann kam plötzlich Hektik auf! Notarzt und Krankenwagen brausten mit Sirenen und Blaulicht heran.

Als Erster eilte der Notarzt ins Haus, gleich gefolgt von der Besatzung der Ambulanz mit allen eventuell notwendigen Geräten. Dann herrschte kurze Zeit Stille.

Während dem hatte sich fast die gesamte Einwohnerschaft des Dörfchens um die Fahrzeuge versammelt.

Nach einer knappen Viertelstunde des Wartens öffnete sich endlich die Tür. Auf der Trage erkannten gleich alle das graue Haar: Es war Madame Laroche, die man da vorbei, zur Ambulanz trug.

Es schien, als sei es ernsthaft, denn der Notarzt stieg auch mit ein und der Wagen fuhr auch nicht gleich los. Durch die milchigen Scheiben konnte man noch, im Inneren, febrile Aktivität beobachten.

In der kleinen Küche herrschte indessen Trostlosigkeit! Monsieur Laroche schien wie niedergeschlagen auf seinem Stuhl neben dem Herd und mit einer heftig zitternden Hand umklammerte er seinen Stab. In der andern hielt er sein großes rot kariertes Taschentuch, mit dem er sich die Tränen wischte. Die herbeigerufene Nachbarin stand neben ihm und versuchte, soweit es ihr möglich war, den alten Mann zu trösten.

Die Dame, die Monsieur Louvet zu Karins Eltern gebracht hatte, war Madame Dubois. Sie war beauftragt worden die Vermisstenmeldung zu überbringen. Sie hatte sich zwar bestens auf diesen schwierigen Auftrag vorbereitet und den Eltern das Geschehen so schonend wie nur möglich vorgetragen. Jedoch hatte sie nicht mit einem derartigen Zwischenfall gerechnet.

Sie saß Monsieur Laroche genau gegenüber, sein Anblick war auch für sie herzzerreißend. Sie überlegte, ob überhaupt, und wennschon, was sie ihm noch sagen könnte.

Monsieur Louvet stand schweigend etwas abseits. Er hatte sich erhoben, als man Karins Mutter hinausgetragen hatte. Bislang hatte er sich nicht an den diversen Gesprächen beteiligt, bemerkte aber nun, dass Madame Dubois ihm immer wieder, scheinbar Hilfe suchende Blicke zuwarf. Im Augenblick, als er, einpaar aufmunternde Worte sagen wollte, trat der Arzt ein.

„Es ist alles in Ordnung mit Ihrer Gemahlin, Monsieur Laroche. Es war letztendlich nur ein kleiner Schwächeanfall, ein emotionaler Schockzustand. Aber sonst ist sie in guter Verfassung. Was sie jetzt benötigt, ist Ruhe. Sie wird nun, einpaar Stunden schlafen."

„Ich nehme an, dass Sie, sie trotzdem ins Krankenhaus bringen?", fragte die Nachbarin erleichtert.

„Ja ..., es ist doch angebracht."

„Dann werde ich schnell einen kleinen Koffer packen", meinte die Nachbarin.

„Ach nein, Madame! Das ist nicht notwendig. Morgen wird sie sowieso wieder nach Hause können. Es ist nur zur Beobachtung, solange sie unter dem Beruhigungsmittel ist. Morgen wird alles gut sein.

Das ist doch zumindest schon mal eine, gute Nachricht.

Ich lasse Ihnen auch noch ein leichtes Mittel da, damit auch Sie, Monsieur Laroche, eine ruhige Nacht verbringen können ...

Geht's einigermaßen, Monsieur Laroche?"

Der alte Mann nickte nur.

„Ich werde auf jeden Fall, vorläufig, bei ihm bleiben", sagte die Nachbarin. „Und wenn mein Mann heute Nachmittag von der Arbeit kommt, wird er mich ablösen. Er kann ja auch die Nacht hier verbringen."

„Ja ..., so ist recht. Na dann ..., wollen wir mal", verabschiedete sich der Arzt. „Mesdames, Messieurs ... und alles Gute!"

Während der Krankenwagen, gefolgt vom Notarzt, draußen abfuhren, bereiteten sich Madame Dubois und Monsieur Louvet, ebenfalls vor, die Rückfahrt nach Paris anzutreten.

„Nun ..., Monsieur Laroche, wir müssen uns dann wohl auch auf den Weg machen", verabschiedete sich als erste Madame Dubois. „Verlieren Sie nicht den Mut! Es besteht immer noch Hoffnung. Die Suche nach Ihrer Tochter wird auf keinen Fall abgebrochen, bevor eindeutige Hinweise vorliegen."

Dann verabschiedete sich auch Monsieur Louvet mit einem herzhaften Händeschütteln und den Worten:

„Au revoir Monsieur Laroche! Ich wünsche uns allen, besonders Ihnen, Monsieur Laroche, dass wir Ihre Tochter, in bester Verfassung und sehr bald finden werden."

Die Nachbarin begleitete die beiden noch bis zum Wagen. Bevor Madame Dubois einstieg, sagte sie noch mit gedämpfter Stimme:

„Ich wollte keine genaueren Erklärungen erörtern, im Beisein von Monsieur Laroche. Aber ... unter uns ... dem Bericht gemäß, den wir aus Brasilien bekommen haben, den Umständen und dem Ausmaß der Katastrophe nach zu urteilen, scheint es fast unmöglich die Leichen noch zu finden."

„Nun ... ich glaube Ihnen gerne, Madame Dubois. Es ist vielleicht auch besser, dass die Ärmsten heute noch nicht alles erfahren.

Jedenfalls danke ich Ihnen für alles!

Au revoir Madame Dubois, au revoir Monsieur Louvet ! Ich wünsche Ihnen eine gute Heimreise!"

8

Charly Thompson versuchte nun schon seit fast zwei Wochen, eigenhändig „die Lösung" zu finden, denn die Ermittlungen ergaben, sozusagen, keine neuen Erkenntnisse.

Er wollte und konnte das Projekt einfach nicht mehr abbrechen. Die seit Wochen nahezu abgeschlossenen Arbeiten an der Infrastruktur hatten längst phänomenale Geldsummen geschluckt.

Eine Woche zuvor hatte er Karins Aufzeichnungen und einen diesbezüglichen Bericht in Paris angefragt. Als er die spärlichen Seiten und den Bericht, genau unter die Lupe nahm, fiel ihm etwas Seltsames auf.

Wichtige Einträge, die er bereits zurzeit von Karin persönlich erhalten hatte, fehlten im aktuellen Report.

Es schien ihm eigenartig, dass Karin eigenhändig ganz bestimmte Vermerke gelöscht haben sollte. Es kam ihm der Gedanke, dass sogar komplette Dateien fehlen könnten.

Könnte sich vielleicht irgendwer den Zugriff auf Karins Rechner verschafft haben?

Wenn es so wäre, dachte er, dann könnte sich vielleicht sogar der Ausgangspunkt der ganzen Affäre, dort in Paris befinden.

Diese Möglichkeit musste unverzüglich und eingehend überprüft werden.

Nur drei Tage später tauchten unangemeldet, drei Männer aus Brasilien im Büro von Monsieur Dumont auf. Sie suchten nicht nach Karin Laroche, aber legten Monsieur Dumont eine

Anordnung aus höchster Instanz vor. Darin hieß es: Es seien Fehler in der Kommunikation, zwischen Paris und Brasilien festgestellt worden. Daher sei es erforderlich, das gesamte interne Netzwerk zu überprüfen. Es müsse für die drei Personen, (namentlich genant), der freie Zutritt, zu allen, für diese Arbeit unentbehrlichen Räumlichkeiten, geschaffen werden.

Monsieur Dumont fiel aus allen Wolken! Über derartige Probleme hatte man ihm bislang aus keiner der Abteilungen berichtet.

Wie oder was auch geschehen war, Monsieur Dumont ließ sogleich alle diesbezüglich, verantwortliche Angestellte in sein Büro rufen und ordnete die Zusammenarbeit mit den Gesandten aus Brasilien an.

So wie Thompson es vorgesehen hatte, begann man mit den Untersuchungen an Karins ehemaligem Arbeitsplatz.

Die Anwesenden, Jean-Luc Leroy und Bernard Petit, sogar ihr Chef, Charles Dufour, wurden freundlichst gebeten, eine Kaffeepause einzulegen und die Räume zu verlassen.

Sie wurden wenig später, einzeln in einen Raum nebenan gerufen, wo sie vom Vermittler in ein ausgeklügeltes Gespräch eingehievt wurden.

Die beiden Informatiker nahmen gleich die Rechner in Angriff.

Erst am darauffolgenden Tag wurden die Untersuchungen als abgeschlossen erklärt.

„Nun, Monsieur Dumont, ich kann Ihnen bereits sagen, dass in Ihrem Netzwerk, voraussichtlich keine wesentlichen Anomalien gefunden wurden. Dennoch können wir Ihnen erst ein endgültiges Ergebnis mitteilen, nachdem alle Daten ausgewertet sind."

Die dienstlichen Besucher entschuldigten sich noch für die Unannehmlichkeiten. Dann verabschiedeten sie sich von Monsieur Dumont und im Vorzimmer von Madame Dubois.

Thompson hatte sich eigentlich etwas mehr von diesem Einsatz erhofft. Obschon die Ermittler einige, für sein Vorankommen, wichtige Daten im Gepäck hatten, so hatten sie keine Spuren von Übergriffen auf Karins Rechner gefunden. Es stand zwar fest, dass Dateien gelöscht wurden, doch dies war geschehen, in der Zeit, bevor Karin Paris verlassen hatte. Es bestand daher immer noch die Möglichkeit, dass sie selbst diesen Eingriff getätigt hatte. Darüber hätte sie, bedauerlicherweise, nur selbst Auskunft geben können.

Wenn ein Unbefugter, am Werke war, meinten die Informatiker, dann konnte es nur ein besonders geschickter Hacker gewesen sein.

Spuren, die eventuell mit Karins Entführung in Verbindung gebracht werden konnten, hatte man auch nicht gefunden.

So rechnete und grübelte Thompson weiter. Wie und wann er die richtigen finalen Einstellungen herausfinden würde, wusste er selbst noch nicht.

9

Die beiden Vermisten waren nun bereits, seit fasst zwei Wochen in der „grünen Hölle" unterwegs. Besonders Karin hatte sich tapfer geschlagen. Sie begann sogar, sich an diese Schinderei zu gewöhnen, denn sie hatte ja nun Karl an ihrer Seite. Es war zwar das erste Mal, dass sie so lange, alleine und fern jeglicher Zivilisation, mit einem Mann zusammenlebte. Doch nun fand selbst sie Gefallen an dieser Konstellation. Sie fand, dass er sich, in den schwierigsten Lagen, immer charmant und liebevoll um sie gekümmert hatte. Sie dachte manchmal, dass vielleicht der echte Charly Thompson ein Griesgram sein könnte, in etwa wie ihr Chef, Charles Dufour in Paris.

Mit Karl würde sie gerne zusammenleben, auch später noch, wenn sie denn wirklich dieses Abenteuer überleben sollten. Seit einiger Zeit träumt sie von diesem Augenblick. Doch dieser Traum wird sich wohl nie verwirklichen.

Sollte sie tatsächlich eines Tages an ihrem Ziel, die „Intermetal" ankommen, dann würde wohl Karl aus ihrem Leben verschwinden müssen. Mit seinem Kerbholz würde man ihn mit Sicherheit, dort nicht mit offenen Armen empfangen. Außerdem waren da ja auch noch Karls Auftraggeber, welche eine ganz beträchtliche Summe als Anzahlung, auf den Tisch gelegt hatten. Beiden Parteien hatte die Angelegenheit, insgesamt eine schöne Stange Geld gekostet.

Für Klein waren beide gefährlich, doch die bedrohlichste war gewiss, die Bande der Auftraggeber.

Sie waren an einem wunderschönen Ort angekommen. Am Rande eines kleinen Sees, umgeben von der wilden Vegetation, hatten sie sich, an einem schmalen Sandstrand, niedergelassen.

Gegenüber, wie aus den Baumkronen hervor, stürzte sich ein Wildbach, mindestens zwanzig Meter, über Stock und Stein, hinunter in den See.

Gleichermaßen wie Karin und Karl, schienen hier die Gewässer eine gewisse Zeit auszuruhen, um dann etwas abwärts, ihre Reise hinunter zum großen Teich wieder fortzusetzen.

Die Felsen und sonstiges Gestein um den Wasserfall waren teilweise mit den verschiedensten Moosen und Wasserpflanzen überwuchert. Auch gewaltige Schildfarne beugten ihre langen Blätter dem Wasser zu. Halb verrottete, mit Rotalgen bedeckte Baumstämme, schienen wie von Schlingpflanzen vom Sturz ins Wasser gerettet.

Nur an jener Stelle war die Oberfläche aufgewühlt und unruhig. Zu den Füßen, der beiden Wanderer, liefen nur noch friedliche kleine Wellen aus.

„Was meinst du, mein Schatz?" Sagte Karl. Es war das erste Mal, dass er sie mit, „mein Schatz" anredet.

„Oh!", machte Karin verwundert. „Was kommt denn nun, mein Schatz?"

„Klingt doch gut ..., oder?"

„Jaaah ..., schon!" Meinte sie und lächelte ihm zu.

„Na dann ist ja alles gut! Was ich dich fragen wollte: was meinst du, sollen wir uns nicht für einige Tage hier einrichten?"

„Für ein Paar Tage?"

„Ja, warum nicht? Es ist doch wunderschön hier und Nahrung gibt es bestimmt in Hülle und Fülle."

„Mir soll's Recht sein ..., mein Schatz!" Lacht sie ironisch.

„Wir könnten uns endlich mal den ganzen Dreck und den Schweiß richtig abrubbeln und uns mal richtig ausruhen ...! Kannst du schwimmen?"

„Oh je ...! Hatte ich mir doch gedacht! Könnte ich ..., aber nur wie ein Bügeleisen!"

„Macht nix ...! Man kann alles lernen und das wäre der richtige Zeitpunkt dafür."

„Nee, nee, mein Schatz! Bis zu den Knien, weiter bekommst du mich nicht da hinein!"

„Na schön, aber ein Versuch wär's doch Wert."

„Nee, nee, das kannst du vergessen!"

„Wasser ist zum Waschen da, falderi und faldera ...!". Begann Karl zu singen. – Das werden wir jedenfalls noch sehen! –, dachte er.

Beide waren fröhlich gestimmt und sie begannen, sich häuslich einzurichten. Während Karl ihre Unterkunft fertigstellte, sammelte Karin in der Umgebung Essbares ein. Nach und nach brachte sie, einpaar Mangos, Lychees, Bambussprosse, Paranüsse und einige Pilze herbei. Dann legten sie sich in den Sand. Etwas ausgelaugt fühlten sie sich schon, doch zum Plaudern und etwas kuscheln reichten die Kräfte immerhin noch aus.

Nachdem sich die Gemüter wieder beruhigt hatten, döste man noch eine Weile, so im Halbschlaf, vor sich hin. Plötzlich erhob Karl etwas träge den Oberkörper und auf den Ellenbogen gestützt schaute er hinaus auf den See.

„Es fehlt uns eigentlich nur noch einen fetten Braten", meinte er. „Weiß du was, Karin? Ich sehe mal nach, was an der „Fischtheke" Feines angeboten wird."

„Karl ...! Was hast u vor? Du willst doch wohl nicht ...?"

„Einer müsste doch, wohl oder übel ..., du kannst ja nicht schwimmen, sagtest du."

„Selbst wenn, ich würde nicht dahinein! Und wenn Piranhas da unten sind?"

„Keine Sorge, ich kenne diese Burschen! Wenn, dann bin ich schnell wieder da. Sobald man einen erblickt, macht man sich besser gleich aus dem Staub."

„Na gut, mach, was du willst! Du dürftest es ja wissen."

In einem eleganten Hopser stand er auch schon aufrecht und begann sich seiner restlichen Kleidung zu endledigen. Hut und Jacke hatte er schon vor Begin der Arbeiten an ihrer Unterkunft abgelegt. Karin schielte zu ihm hinüber, als er sein Hemd über den Kopf zog und sein sonnengebräunter Oberkörper zum Vorschein kam, konnte sie sich ein „Wow", nicht verkneifen.
Als er dann kurz darauf nur noch mit seiner Unterhose so da stand, meinte er:

„So, wie du feststellen kannst, habe ich zufällig auch keine Badehose dabei. Die muss ich wohl irgendwann, irgendwo veräußert haben. Eine simple Information. Es wäre ja möglich, dass deine miserablen Schwimmkapazitäten, wie du sagtest, mit dem gleichen Problem in Verbindung stehen."
„Hör auf damit, Schatz! Du siehst gut aus, auch in Unterhosen, aber ich kann trotzdem nicht schwimmen!"
„Schon gut, schon gut! Ich sag nichts mehr."

Er nahm noch sein Messer, dann watete er voran. Schon nach einigen Metern konnte er bereits untertauchen. Karin starrte etwas beklemmt auf die Wasseroberfläche. Nur eine Minute lang war er verschwunden; eine Minute die Karin wie eine Stunde aufgefasst hatte. Plötzlich tauchte er dann endlich, fast in der Mitte des Sees auf. Er streckte den Arm hoch, winkte ihr zu und rief: „Alles klar, Schatz!!!" Dann tauchte er wieder unter.
Karin atmete zwar erleichtert auf, doch sein Unternehmen genoss sie immer noch nicht so ganz.
Sie war aufgestanden und bis an den Rand des Sees gegangen. In Gedanken versunken, peilte sie die Stelle an, wo er zuvor auf- und wieder untergetaucht war.
Plötzlich entfuhr, unwillkürlich ein schriller Laut ihrer Kehle! Fast wäre sie rücklings zu Boden gefallen, als Karl unvermutet und heftig fauchend, nur einige Meter neben ihr auftauchte.

Nachdem er einmal tief durchgeatmet hatte, rief er:

„Hallo, schöne Frau …, da bin ich wieder!!!"

„Mein Gott, Karl …! Du bringst mich noch um, mit deiner Taucherei!"

„Ach was! So zimperlich bist doch gar nicht mehr! Sieh mal hehr, was ich da habe, so was beruhigt normalerweise Geist und Magen." Sagte er, indem er ihr einen prächtigen Fisch, angespießt auf seiner Klinge, entgegen hielt.

Ihren Augenblick des Schreckens hatte Karin bereits, mehr oder weniger, bewältigt und machte:

„Wow! Das reicht ja fast für zwei Mahlzeiten!"

So, oder so ähnlich verbrachten sie fünf Tage lang an jenem herrlichen Ort. Es war Karl jedoch bislang nicht gelungen, trotz aller Bemühungen, Karin ins lauwarme Nass zu locken.

Nach dieser längeren Pause, bestens ausgeruht und gut genährt, entschieden sie sich weiterzuziehen.

Ausgerüstet mit ihren improvisierten Werkzeugen, Waffen und ausreichend Proviant für ein oder zwei Tage, machten sie sich auf.

Etwas unterhalb, dort wo der See wieder in einen schnelleren Wasserlauf überging, suchten sie eine Weile nach einer seichten Stelle, wo sie diesen gefahrlos durchqueren konnten.

Am anderen Ufer angekommen, mussten sie allerdings wieder ihre Macheten zur Hand nehmen, um sich einen Pfad, durch die tropische Vegetation freizuschlagen. Außerdem hatten sie bald eine kurze, jedoch nicht ganz harmlose, Steigung zu überwinden. Mühevoll, langsam aber sicher, erreichten sie doch endlich den Scheitel, wo sie eine Zwangspause einlegten. Karin hatte sich tapfer geschlagen, doch nun war sie am Ende ihrer Kräfte und ließ sich gleich, erschöpft am Fuße eines gewaltigen Baumes niedersinken. Karl reichte ihr seine prall gefüllte Feldflasche, mit der Empfehlung, langsam und schluckweise zu trinken. Er selbst untersuchte zunächst, die nähere Umgebung, nach eventuell gefährlichem Kleingetier und gleichzeitig sammelte er, einpaar saftige Früchte ein.

Kriegerisches Großwild war ihnen bislang nicht in die Quere gekommen, doch Karl wusste, dass dergleichen, jeden Augenblick geschehen konnte. Bei seinen Ausflügen in der Wildnis hatte er sonst immer seinen schussbereiten Karabiner in der Hand, doch nun lag dieser, so wie vieles andere, im Jeep unter der Erde.

Alles, was ihnen bis zu diesem Zeitpunkt begegnet war, konnte Karl als ungefährlich bezeichnen. Nur vor Schlangen, einigen Spinnenarten, besonders farbenprächtige Echsen und Frösche, warnte er Karin immer wieder.

Manchmal, wenn sie sich so einen Weg durchs Dickicht bahnten, hatte Karin das Gefühl, das sie sich im Kreise voran bewegten. Als sie so da zusammensaßen und sie ihn mit diesem Eindruck konfrontierte, sagte er zunächst nur:

„Keine Sorge, das ist nur so ein Gefühl, für Unerfahrene, sogar ein äußerst gefährliches Gefühl!"

Dann entschied er sich, Karin einen Teil seines Planes preiszugeben:

„Meine Endscheidung ist getroffen. Ich möchte für immer mit dir zusammenleben. Nun …, und was ist mit dir?"

Karin war dermaßen überrascht, dass sie einen Augenblick erstarrte. Dann umarmte sie ihn und eine dicke Träne kullerte über ihre Wange.

„Aber ja, mein Schatz …, ja, das möchte ich ja auch! Aber wie stellst du dir das vor? Man wird uns nicht zusammenlassen. Man wird dich doch gleich festnehmen, sobald wir irgendwo auftauchen."

„Mach dir mal keine Sorge, Schatz. Wenn wir zusammen hallten, dann kriegen wir das schon hin. Du hast sogar das Privileg, den Namen und den Vornamen deines zukünftigen Selbst zu bestimmen. Und so habe ich mir die Sache vorgestellt: Du glaubst immer noch, dass der Mann, der dich am Flughafen abgeholt hat, Charly Thompson war. Für dich muss Charly Thompson tot sein! Du hast es sogar mit eigenen Augen gesehen, wie er von der Lawine mitgerissen wurde.

Bis dahin, alles klar?"

„Ja, Schatz, alles klar. Stimmt ja auch eigentlich, zumindest bis auf die Sache mit dem tot."

„Du hast recht, aber dieser Punkt ist sehr wichtig! Du kennst nur den Namen, Charly Thompson! Und dieser Mann ist tot!

Nun weiter …: Vonseiten der Auftraggeber kennt man beide Namen. Aber du hast nie, den Namen „Karl Klein" gehört! Du musst unbedingt und für immer, meinen richtigen Namen aus deinem Gedächtnis verbannen. Am besten wäre es, du würdest dir einen, vielleicht französisch, klingenden Namen und Vornamen für mich ausklügeln.

Wie findest du mein Französisch?"

„Eigentlich soweit ganz gut. Vielleicht müsstest du den Schweizer Akzent etwas unterdrücken."

„Versuchen kann ich's ja. Wenn's nicht so zu hundert Prozent klappt, könnten wir ja behaupten, dass ich aus einer Ortschaft aus dem Grenzgebiet stamme. Sagen wir zum Beispiel, aus „Morvillars", oder besser noch, aus „Delle", den Ort kenne ich; liegt ganz nahe an der Grenze."

„Gut, dann einigen wir uns auf „Delle", sagte Karin zu.

Nachdem sie sich gestärkt und eine Weile ausgeruht hatten, machten sie sich wieder auf den Weg.

„Glaube nur ja nicht, dass wir im Kreise herummurksen!", sagte Karl. „Wir müssen uns so weit wie nur möglich von der bolivianischen Grenze entfernen, in dem Gebiet könnte es für uns beide gefährlich werden."

Sie waren seit nahezu zwei Stunden unterwegs, als Karl plötzlich stehen blieb und mit dem Zeigefinger auf den Lippen, Karin Zeichen gab, Lautlosigkeit zu wahren. Er horchte auf. Nach einer Weile flüsterte er ihr zu: „Ich glaube wir haben Besuch."

Obwohl sie nichts bemerkt hatte, ging sie ängstlich hinter Karls Rücken in Deckung. Erstaunt beobachtete sie ihn, als er die rechte Hand anhob und einpaar unverständliche Worte rief. Es war weder Spanisch noch Portugiesisch, soviel konnte sie wahrnehmen.

Kurz darauf erschienen zwei außergewöhnliche Gestalten zwischen den gewaltigen Blättern einer Farnpflanze. Obschon diese auf den ersten Blick, irgendwie bedrohlich, mit ihren Bemalungen anmuteten, so stellte sich bald heraus, dass sie doch nichts Bösartiges im Schilde führten. Die beiden Männer schienen eher neugierig und dennoch vorsichtig. Karl deutete ihr friedliches Auftreten an der Art, wie sie ihre Speere aufrecht hielten, ähnlich wie ein Stab. Hatten sie vielleicht doch Karls Worte verstanden. Er hatte einige Begriffe bei den „Suruahas" gelernt.

Erst, indem sie die Kleidung der beiden Fremdlinge, scheinbar verwundert abtasteten, begannen sie ihre Meinungen auszutauschen. Sie selbst waren nur mit einem Lendenschutz aus irgendwelchen Fasern bekleidet und ihr Kopfschmuck bestand aus einem kranzähnlichen Gebilde aus bunten Federn. Karl stellte fest, dass diese beiden nicht dem Stamme der „Suruahas" angehörten, denn ihre Sprache klang grundverschieden; er verstand kein einziges Wort.

„Ganz ruhig …, lass sie nur machen", riet Karl.

Trotz allem blieb die Lage angespannt. Karl bemerkte wie Karins Hände verkrampft und zitternd seinen Arm umklammerten, als einer der Männer ihren langen Haarstrang in die Hand nahm. Er sagte etwas zu seinem Begleiter, dann ließ auch dieser seine Hand sachte über ihr Haar gleiten. Darauf schienen sie sich einen

Augenblick zu beraten, dann entspannte sich fast schlagartig die Situation.

Ihre skeptischen Gesichtszüge wurden freundlicher und sie wurden gesprächiger. Sie klopften ihren Findlingen lächelnd auf die Schultern und laberten fast gleichzeitig allerhand, wovon Karin und Karl allerdings, kein Wort verstanden.

„Ich glaube zu verstehen, sie wollen, dass wir mit ihnen gehen", meinte Karl.

„Oooh je …"! Machte Karin. „Meinst du, dass das eine gute Idee ist?"

„Nun …, wenn es so ist, wie ich vermute, dann wäre es, meiner Ansicht nach, nicht sehr geistreich ihre Einladung zu verweigern."

„Wenn du meinst."

„Na dann …, lassen wir uns doch überraschen!"

Die Indios waren wahrnehmbar erfreut als Karl ihnen zu verstehen gab, dass man ihr freundliches Angebot annahm. Und sogleich winkten sie froh gesinnt zum Abmarsch.

Nur nach wenigen Metern durch wildes Gebüsch stießen sie bereits auf einen Pfad. Mit ziemlicher Sicherheit, waren die beiden auf der Jagd und, von diesem Pfad aus, hatten sie Karin und Karls Stimmen vernommen, sich lautlos genähert und sie zunächst eine ganze Weile beobachtet.

Dieser sichtbar oft benutzte Fußweg führte gewiss zu einem, in der Wildnis versteckten Dörfchen, denn Karl kannte solche Pfade, so schmal, dass sie zwischen den seitlich herabhängenden Blättern kaum zu erkennen waren. In die endgegengesetzte Richtung verschwanden sie irgendwo, irgendwann im Busch.

So marschierten sie im Gänsemarsch, die beiden Indios voran, einem noch unbekannten Ziel, jedoch erwarteten Dorf entgegen.

Gesprochen wurde kaum. Wozu auch? Man verstand sich sowieso nicht. An den Gebärden bemerkte man jedoch, dass sich bereits beiderseits, ein gewisses Vertrauen entwickelt hatte.

Nach ungefähr einer halben Stunde, öffnete sich ganz unerwartet eine Lichtung vor ihren Augen. Dann wurde ein kleiner Platz bloßer Erde sichtbar, doch war von Menschen nichts zu sehen.

Schon bevor die Vierergruppe dort aus dem Gebüsch auftauchte, begannen die beiden Anführer sich lautstark bemerkbar zu machen. In Karin und Karls Sprache hätte man ihr Geschrei vielleicht mit: „Überraschung!!!, Überraschung!!!", oder ähnliche Rufe beschreiben können.

Gleich darauf erschienen auch schon die ersten Neugierigen. Sie waren im Begriff den Ankömmlingen entgegen zu eilen, doch als sie die beiden Hellhäutigen erblickten, hielten sie inne und starrten die beide wie versteinert an.

Karls Vermutung schien sich zu bestätigen. Sie hatten, ohne wahrzunehmen, das Jagdgebiet einer Familie oder Gemeinschaft Indios betreten; einer kleinen Gruppe Uhreinwohner, die bislang noch keine Begegnung mit der Außenwelt hatten.

So unglaublich es auch scheinen mochte, sie befanden sich tatsächlich in Gesellschaft von Menschen, die noch nie in ihrem Leben, ihres gleichen mit so heller Hautfarbe und derartiger Kleidung gesehen hatten.

Was ging wohl in jenen Augenblicken in den Köpfen dieser Menschen vor? Sie stellten sich mit Sicherheit mehr Fragen noch als Karin und Karl, denn sie wussten nicht einmal, woher diese beiden Wesen kamen. Gab es vielleicht noch eine andere Welt als die Ihrige? Waren es friedliche Besucher, oder möglicherweise doch nicht?

Nachdem dann die beiden Jäger ihren ausführlichen Bericht vorgebracht hatten, lockerte die Atmosphäre langsam auf und die Neugier verdrängte nach und nach die Befangenheit.

Zunächst näherten sich die Ältesten und begrüßten ehrfurchtsvoll die „Außerirdischen", oder gleich woher, sie auch gekommen waren. Sie waren friedliche Wesen, so hatten es die beiden Entdecker beteuert. Und somit waren sie herzlich willkommen.

Die Behausungen, es waren fünf an der Zahl, lagen rundum unter den gewaltigen Bäumen versteckt. Kleine längliche Hütten mit Spitzdach aus Palmenblättern, welcher bis zum Boden abfiel. Aus der Vogelperspektive hätte man so leicht dort keine Siedlung erkennen können.

Nach und nach kamen nun auch die misstrauischsten aus ihren Verstecken hervor und in kürzester Zeit, standen Karin und Karl von den kleinsten bis zu den größten Einwohnern umzingelt. Letztendlich waren es um die zwanzig, die sich um die beiden drängelten. Jeder versuchte, ihre Kleidung zu berühren. Karins Sommerkleidchen war ein besonderer Blickfang. Derartig feines und farbenfrohes Gewebe hatten sie scheinbar noch nie gesehen. Auch ihr Haar und ihre zarte, fast weiße Haut durfte man anfühlen. Die Ankunft dieser vielleicht sogar göttlichen Wesen war wohl das größte Ereignis seit eh und je.

In der Zwischenzeit hatte der Dorfälteste bereits angeordnet, eine würdige Unterkunft für die Besucher einzurichten. Dann löste er das Gedränge auf und begleitete stolz, Karin und Karl, persönlich zu ihrer Bleibe.

Die Bewohner der kleinsten Hütte hatte er auf die größeren aufgeteilt und somit rasch, eine mehr oder weniger intime Beherbergung geschaffen.

„Einen solch stürmischen Empfang hatte ich nicht erwachtet!", meinte Karin.

„Nun …, das nenne ich Gastfreundschaft. Meinst du nicht auch, dass einige unserer zivilisierten Zeitgenossen sich noch eine Scheibe davon abschneiden könnten?", fügte Karl hinzu.

„Ja genau, das meine ich auch. Aber …, glaubst du wirklich, dass es hier noch Erdenbewohner gibt, die noch niemals Menschen wie du und ich begegnet sind?"

„Aber sicher, es sollen sogar noch um die fünfzig Stämme existieren. Es ist sogar bewiesen, zumindest wurden in den letzten

Jahren noch eine oder die andere, ähnlich kleine Gruppe wie diese, aus der Luft entdeckt."

„Wenn es wirklich so ist, dann kann man schon die ganze Aufregung verstehen."

„Richtig …! Versetz dich mal in ihre Lage. Wie würdest du reagieren, wenn plötzlich einpaar „Marsmännlein" bei dir auf der Matte stünden? Würdest du vielleicht sagen: Kommt rein Jungs, ich mach uns schnell ein frisches Käffchen!?"

„Ich glaube nicht, dass ich das sagen würde! Ich würde eher laut schreien und die Tür zuballern!"

„Siehst du, Schatz, das wäre so ungefähr, unsere zivilisierte Art der Gastfreundschaft."

Die etwas witzige Art, wie Karl seine Ansicht klarstellte, fand Karin eigenartig. Sie lachte kurz und fragte:

„Und du …, wie würdest du denn reagieren?"

„Nun ja …, ich bin ja auch ein einigermaßen zivilisierter Mensch, wenn ich mir mal erlauben dürfte, das zu behaupten. Ich würde vielleicht nicht gleich aufschreien, ich würde vielleicht sagen: Ihr habt aber komische Köpfe! Macht das ihr wegkommt! Und dann würde ich die Tür …, ich denke mal …, zumachen."

„Alles klar, Schatz!", sagte Karin und lachte abermalig.

„Sollen wir nicht mal raus aus der Bude?" Fragte Karl. „Mal sehen mit was sich die Leute da draußen so beschäftigen."

„Einverstanden! Aber nicht, dass wir neugierig wären …".

Kaum standen sie draußen, als auch schon einpaar Kinder, fröhlich auf sie zukamen und begannen, um sie herum zu tanzen. Eine Frau, die etwas abseits beschäftigt war, rief den Kleinen zu, sich doch zu beherrschen. Die Worte der Frau verstanden weder Karl noch Karin, doch die Art, wie sie rief und die Reaktion der Kinder, waren allen gemeinsam verständlich.

Die beiden Weidmänner, die von ihrer ersten Expedition nur mit ihren Günstlingen heimkehrten, waren wieder ausgezogen, denn es musste außerdem auch Essbares herbeigeschafft werden. Vor einer der Hütten hockten vier Männer im Kreise. An seinem Kopfschmuck erkannte Karl den Dorfältesten. Es war derjenige, der sie als Erster so freundlich begrüßt hatte. Die Drei, die bei ihm saßen, waren allem Anschein nach, Familienoberhäupter, oder besser, irgendwelche Berater, denn Karl zweifelte noch daran, dass die doch eher kleine Gemeinschaft aus drei separaten Familien bestehen könnte.

Als die Kleinen sich mehr oder weniger beruhigt hatten, auf dem Platz herumtrollten und sich nur noch zeitweilig näherten, setzten sich Karin und Klein vor ihrer Hütte und beobachteten die, so friedliche kleine Welt.

Karl überlegte, auf welche Weise er ihren Gastgebern plausibel machen könnte, dass sie beide, doch demnächst weiterreisen müssten.

Mitten in der Nacht wachte Karl plötzlich auf. An den Geräuschen und das Geschrei der Nachtaktiven Urwaldbewohner hatte man sich inzwischen gewöhnt. Dennoch hatte etwas Ungewöhnliches ihn aus dem Schlaf gerissen. Karin hingegen schlief ruhig und fest. Nichts hatte sie anscheinend gestört.

Sobald er konzentriert aufhorchen konnte, glaubte er menschliche Stimmen zwischen den gewohnten Geräuschen zu vernehmen. Er erhob sich vorsichtig, um Karin nicht aufzuwecken und schlich sich langsam, auf allen vieren, zum Eingang.

In einer der Hütten flackerte zu dieser späten Stunde noch ein schwaches Licht. Sein feines Gehör hatte in nicht getäuscht, denn dort unterhielt man sich mit gedämpfter Stimme. Einen Augenblick lang traute er seinen Ohren doch nicht mehr so ganz. Er konnte zwar den Inhalt des Gespräches nicht verfolgen, jedoch wurde ihm bald klar, man sprach portugiesisch und diese Wahrnehmung, gefiel im nun absolut nicht.

Irgendetwas war faul an der Sache und gleich wielange er noch dort hocken musste, er wollte wissen, wer sich dort in dieser Sprache unterhielt.

Er hatte Glück, der Himmel war wolkenlos und es war Halbmond. Somit bestand die Möglichkeit, zumindest die äußere Erscheinung der Beteiligten dann zu erkennen, wenn sie sich verabschiedeten.

Es dauerte jedoch noch eine ganze Weile, bevor dies geschah.

Zunächst erschien der Dorfälteste, so wie Karl es erahnt hatte. Dann kam ein Mann zum Vorschein, welcher seinem halb nackten Gesprächspartner gegenüber, eine moderne Buschkleidung trug. Und es blieb auch bei dem einzigen Gast.

Karl wurde plötzlich klar, dass der alte Schurke ihnen den freundlichen Gastgeber nur vorgespielt hatte. Obwohl Karl versucht hatte, sich in verschiedenen Sprachen verständlich zu machen, hatte der alte Gauner sich aufgeführt, als verstände er kein Wort.

Als der Fremde gegangen war und das Licht in der Hütte des Dorfältesten erlosch, legte sich auch Karl wieder aufs Ohr. Doch von Einschlafen konnte nicht mehr die Rede sein.

Er überlegte, ob er Karin gleich am Morgen mit seiner Entdeckung konfrontieren solle. Doch er kam zu dem Endschluss, sie einstweilig nicht damit zu belasten. Denn er schmiedete bereits an einem Plan, wie er den Alten, diskret überlisten könnte. Er befürchtete, dass Karins schauspielerische Begabung vielleicht nicht ausreichen würde, die Rolle der Ahnungslosen undurchsichtig zu interpretieren.

Hatte er sich doch den Kopf zerbrochen, wie er dem Dorfältesten klar machen könnte, dass Karin und er selbst bald weiterziehen müssten! Doch nun war sein Vertrauen dahin.

Im Laufe des Tages bot sich eine günstige Gelegenheit, ein „Gespräch" mit dem Oberhaupt anzubahnen. Er versuchte zunächst mit Handzeichen und einigen Worten Französisch, als dies kein erkennbares Resultat erbrachte, fügte er einzelne englische Begriffe hinzu. Als der Alte immer noch nicht besonders interessiert reagierte, sagte Karl: „um-poucos dias ficam aqui?" [Einpaar Tage bleiben, hier?] Karl bemerkte ein perplexes Zucken in den Zügen des Indios, doch dieser fasste sich augenblicklich und laberte gleich einige Worte in seiner Sprache, die Karl wiederum nicht verstand.

Der alte Fuchs war cleverer als Karl gedacht hatte. Jedenfalls schien er nicht bereit seine Sprachkenntnisse preiszugeben.

Obwohl Karl wusste, dass man sich verstanden hatte, machte er Miene, genauso wie sein Gesprächspartner.

Und so kam dann die Methode, „gleiche Frage ohne Worte" zum Einsatz. Mit einem Stäbchen ritzte er Zeichnungen in die Erde, die er noch mit Handzeichen kommentierte. Währenddessen beobachtete sein Zuschauer ihn interessiert und lächelnd blickte er ihm über die Schulter. Als Karl seine Sinndeutungen beendet hatte und zu ihm aufsah, erkannte er sogleich in den Zügen des Häuptlings, das gastfreundliche Lächeln vom Vortage und seine Zusage war eindeutig zu erkennen. Karl konnte sich, beim besten Willen, das kuriose Verhalten dieses Mannes nicht erklären. Was bezweckte er eigentlich mit seiner Geheimnistuerei?

Karl überlegte; er suchte nach einem möglichen Grund und es kam ihm der Gedanke, dass der nächtliche Besuch des Brasilianers vielleicht ihrer Anwesenheit wegen, jedoch nicht Ihretwegen persönlich, so geheim gehallten wurde. Er vermutete letztendlich, dass der Alte und seine Berater, in ganz andere Geschäfte verwickelt sein könnten und aus dem Grunde, seine Beziehungslosigkeit zur Zivilisation nur vortäuschte.

Während der darauf folgenden Nacht kam Karl nicht zur Ruhe. Immer wieder wachte er auf. Er vertraute seinen eigenen Vermutungen nicht mehr und noch weniger der Gesellschaft um ihn herum. Er fasste den Endschluss, so schnell wie möglich stillschweigend mit seiner Gefährtin zu verschwinden.

Noch vor dem Morgengrauen weckte er Karin sanft auf.

„Scht, nicht sprechen …“, flüsterte er ihr zu. „Ich erklär dir später …, komm jetzt, wir hauen ab.“

„Was ist?“ Fragte Karin leise, noch etwas benommen.

„Nicht jetzt …, später …, komm, ganz ruhig …, leise!“

Der Mond war längst hinter den Baumkronen versunken und es war fast stockdunkel, als die beiden sich aus der Hütte schlichen und gleich darauf im Gebüsch verschwanden.

Eine Weile tasteten sie sich mühselig in der Dunkelheit voran. Als Karl schätzte genügend Abstand von der Siedlung erreicht zu haben, machten sie halt um das Tageslicht abzuwarten, denn in der Dunkelheit war es zu beschwerlich und vor allem, zu gefährlich weiterzugehen. Auch dachte er, dass man ihr Verschwinden erst viel später bemerken würde.

Indem sie sich leise unterhielten, versuchte er, seiner Freundin, nichts ahnend von seinen Investigationen, die Situation zu erklären.

„Aber Karl …! Warum hast du mir nichts gesagt? Du weißt doch, wir hallten zusammen! Oder etwa nicht?“

„Selbstverständlich halten wir zusammen, Schatz! Es ist nur, ich wollte dich keinesfalls, nur mit meinen Vermutungen beängstigen. Ich war mir nicht sicher, dass es wirklich so ist, wie ich annehme. Ehrlich gesagt bin ich es immer noch nicht so ganz. Aber ich will kein Risiko eingehen.“

„Ist ja gut …, wir können sowieso nicht ewig hier bleiben. Ob nun heute oder morgen …, ist ja nun auch egal. Ich vertraue deiner Intuition. Du hast Erfahrung mit allerhand Schurken, ich hingegen, bin immer ein leichtes Opfer für Betrüger gewesen.“

„Mag ja sein, trotzdem, es wäre nicht fair diese Menschen fälschlich zu beurteilen. Doch dessen ungeachtet, ich bin mir sicher, dass da etwas nicht stimmt; was genau, habe ich nicht herausfinden können.“

„Mach dir keinen Kopf, Schatz. Ich bin mir sicher, dass du die richtige Entscheidung getroffen hast.“

Eine geschlagene Stunde verharrten sie noch an der gleichen Stelle, bevor das Tageslicht es ihnen ermöglichte aufzubrechen.

Nach seiner persönlich entwickelten Methode klügelte Karl eine Richtung aus. Es dauerte einige Minuten, bis es so weit war. Dann sagte er:

„Da lang geht's! Ich schätze mal, dass wir in ungefähr zwei Stunden einen, hoffentlich nicht all zu breiten, Nebenfluss des Amazonas erreichen. Dann mein Schatz …, dann könnte es lustig werden!"
„Was meinst du mit „lustig"?"
„Ich meine, höchst interessant …! Viel Wasser und da müssen wir dann versuchen, ans andere Ufer zu gelangen."
„Oje, oje! Du kannst dir nicht vorstellen, wie mich das freut!"
„Doch …, kann ich wohl!"

Karls Prognose stimmte so ungefähr. Vielleicht hatte er immer noch nicht, so das richtige Gefühl entwickelt für, dass er zwar, eine mutige, jedoch unerfahrene Gefährtin im Schlepptau hatte, denn ständig vielen seine Zeitberechnungen etwas knapp aus. Auch diesmal waren sie abermals eine gute halbe Stunde länger unterwegs als gesagt. Vielleicht war es sogar absichtlich, um ihren Mut nicht zu schwächen. Er kannte seine Karin bereits zur Genüge; er wusste, dass sie ein cleveres Mädchen war und er liebte es, wenn sie so gelassen sagte: „Ist ja auch egal."

Sie suchten sich ein geeignetes Plätzchen, um sich zunächst etwas auszuruhen.

„Siehst du Schatz, da, sind wir und da ist auch das viele wässerige Zeug, was ich dir versprochen habe. Versprochen ist versprochen, so bin ich nun mal."

„Ich sehe, Schatz ..., ich sehe! Nun stellt sich die Frage: Wie kommen wir da hinüber?"

„Mal sehen ...", sagte Karl nachdenklich. Wie weit meinst du, dass es bis zum andern Ufer sein könnte?"

Sie sah ihn fragend an und meinte: „Vielleicht fünfzig Meter ...?"

„Ich würde sagen ..., na ..., wahrscheinlich eher das Doppelte. Hinzu müssen wir damit rechnen, noch einiges von der Strömung abgetrieben zu werden."

„Das hört sich aber nicht gut an!"

„Nun ja, wenn's hier am Rande auch einigermaßen ruhig aussieht, zur Mitte hin wird der Flusslauf doch etwas schneller werden. Aber wir beide schaffen das schon. Nur ..., mit schwimmen ist wohl nichts. Selbst wenn ich alleine wäre, würde ich mir sogar einen Versuch, doch zweimal überlegen."

„Und ...?"

„Ich habe immer noch diese Indios im Hinterkopf. Sollten sie, in der Zwischenzeit, unser Verschwinden bemerkt haben und ab jetzt, versuchen würden, unserer Spur zu folgen, dann bliebe uns genügend Zeit, ein Floß zu bauen. Es wäre allerdings besser, sie blieben da, wo sie sind.

Ich schlage vor, du beginnst mit geschmeidigen Lianen einzusammeln, während ich Holz herbeischaffe."

„Gut ...! Dann los du Müßiggänger!"

Nur wenig später, sie hatten bereits etwas Material zusammengetragen, rief Karin plötzlich zu Karl hinüber:

„Schatz ...! Komm schnell hehr zu mir! Hier ist was! Ich habe etwas gefunden!"

Als Karl gleich darauf eintraf, staunten beide nicht schlecht. Gut versteckt unter Farn-und Palmenblätter, lagen dort, nur einpaar Schritte vom Ufer entfernt zwei, auf den ersten Blick, etwas heruntergekommene, aber seetüchtige Barken.

„Na wer sagt's denn!", rief Karl erfreut. „Das sind Fischerboote. Die gehören den Indios. Na so was! Die stellen uns sogar ihre Boote zur Verfügung!"

Ohne viel Zeit zu verscherzen, schleppten sie eines der Boote zu Ufer. Karl überlegte einen Augenblick, dann entschied er, auch das Zweite herbeizuschaffen.

„Das andere nehmen wir auch mit, reine Vorsichtsmaßnahme. Sollte unsere Schwimmhilfe nicht durchhallten, dann haben wir sogar ein Beiboot."

So erklärte er Karin, wozu das Zweite hilfreich sein könnte. Jedoch er hatte eine weit gefährlichere Situation im Sinn.

Kurz, nachdem sie das Ufer verlassen hatten und froh gesinnt auf den Fluss hinaus paddelten, bestätigte sich auch schon Karls Befürchtung. Lautes Geschrei schallte zu ihnen hinüber und dort wo sie vor einigen Augenblicken noch beschäftigt waren, sprangen plötzlich, wütende Indios hin und hehr. Und schon zischten Pfeile durch die Luft! Glücklicherweise waren die beiden Flüchtigen bereits so weit vom Ufer entfernt, dass die Geschosse ihr Ziel verfehlten und ohne Durchschlagskraft um sie herum ins Wasser fielen.

Als Karin und Karl sich der Flussmitte näherten und die Strömung zunahm, wurde ihr unbemanntes Beiboot schneller und von den Fluten seitlich geschoben. So angestrengt beide auch ruderten, sie konnten die Fahrt kaum noch kontrollieren.

„Kapp die Leine!", rief Karl.

Sobald Karin sie eiligst vom Beiboot befreit hatte und ihr Ruder wieder in die Hände nahm, gelang es ihnen binnen Kurzem das Boot wieder in Flussrichtung zu lenken. Nun blieb ihnen nur noch, betulich aus der Hauptströmung heraus das gegenüberliegende Ufer anzusteuern.

Einpaar hundert Meter flussabwärts war es dann so weit, sie hatten wieder festen Boden unter den Füßen. Dessen ungeachtet, dass beide doch, nach dieser aufregenden Flucht, heftig nach Luft rangen, schleppten sie noch das Boot außer Sicht ins Dickicht. Dann erst ließen sie sich erschöpft, unter einem Farn, mit Sicht auf den Fluss zu Boden sinken.

„Das war knapp!", meinte nun auch Karl.

„Das kannst du laut sagen!"

„Hatte ich mir doch gedacht, dass die kommen würden. Nur hätte ich nie gedacht, dass sie uns so schnell finden würden. Es sei denn, die Eigentümer der Boote gehörten gar nicht zu unseren Gastgebern. Diese Bande kam vielleicht zufällig, im richtigen Moment zum Fischen und sahen uns mit ihren Booten davon paddeln."

„Wie oder wer es auch war, jedenfalls hatten wir Glück, schon so weit vom Ufer entfernt zu sein!"

„Und, dass wir auch das zweite Boot entwendet haben", fügte Karl hinzu.

„Die waren jedenfalls, stink sauer!"

„Könnte man so sagen", meinte Karl. „Wir sollten daher nicht zu lange hier herumtrödeln; man kann nie wissen."

Als sie dann wieder unterwegs waren und neue Erkenntnisse und Überlegungen, das Abenteuer am Fluss langsam in den Hintergrund verschoben hatten, sagte Karl, indem er sich zu Karin umdrehte:

„Wenn ich so darüber nachdenke, ich erkenne heute in dir, kaum noch die Karin Laroche, die ich am Flughafen zum ersten Mal sah."

„Das glaube ich dir gerne! So wie ich heute aussehe! Schrecklich sehe ich aus! Meine Schuhe sind kaputt und mein neues Kleid ist nur noch ein einziger Fetzen. Ich bin dreckig und zerkratzt von Kopf bis Fuß, und wenn wir noch lange so weiter machen müssen …, dann bin ich, darüber hinaus, am Ende auch noch restlos nackig!"

„So schlimm wäre das nun auch noch nicht! Wenn es so weit käme, dann würde ich dir spontan mein Hemd anbieten. Aber ich meinte gar nicht dein Aussehen. Du siehst bezaubernd aus! Ich meinte eher, dein Auftreten, deine Energie, dein Mut, deine Entschlossenheit …, das alles hätte niemals von dir erwartet."

„Na dann …, wenn du das so siehst, dann gibt es nur einem, dem ich das verdanke … und das bist du!"

„Na, ich weiß es nicht, Schatz; ich habe nichts besonders getan. Vielleicht ist es ja nur die Situation, die dein Zweites „du" in dir erweckt hat. Ich habe dir nur einiges gezeigt und erklärt. Du lernst mit einer unglaublichen Leichtigkeit und du vergisst auch nicht, was du gelernt hast. Das ist deine Stärke! Außerdem und vor allem bist du eine wunderschöne Frau!"

„Och nee, Karl! Hör auf …, sieh mich an …, von wegen, schöne Frau!"

„Schatz, du bist hinreißend; du passt in diese Natur wie keine Andere!"

„Wenn du es sagst …! Können wir vielleicht doch …, weitergehen?"

Nicht, dass Karls Galanterien sie verärgert oder gekränkt hatten, sie war einfach nicht an derartige Komplimente gewöhnt. Es war eher ihre angeborene Gehemmtheit, die ex abrupto wieder in ihr hochkam. Eigentlich glaubte sie ja seine Worte, doch verstand sie nicht, wieso er sie in diesem verwilderten, zerfetzten Aufputz, noch als die schönste der Schönen betrachten konnte. Es kam ihr in solchen Momenten nicht in den Sinn, dass Karl sie mit andern Augen betrachten könnte.

Als dieser Tag zur Neige ging, erreichten sie ein noch schwierigeres und auch gefährlicheres Gelände. Eine unübersehbare Wasserfläche, aus welcher, Zypressen auf ihren strebenartigen Wurzeln, Bartflechten und sonstige Sumpfsträucher hervorragten.

„An diesem wunderschönen Strand sollten wir vielleicht unser Nachtlager einrichten!", meinte Karl mit einem ironischen Grinsen.

„Schön ist es, das streite ich nicht ab, nur für unser Unternehmen sieht es aber nicht so gut aus."

„Nun ja, da hast du wohl recht. Solche Gebiete sollte man besser meiden. Das sind meistens Besitztümer von den ganz fiesen Biestern und die lässt man, am besten in ruhe."

„Und wie soll's dann weitergehen?"

„Das würde ich erst mal auf morgen früh verschieben. Zunächst würde ich vorschlagen, wir machen wie üblich und wie einige Affenarten; wir bereiten unser Nachtlager vor, dann besorgen wir uns was zum Knabbern, ruhen uns etwas aus und dann könnten wir vielleicht …, mal sehen."

„Was heißt denn: Vielleicht, mal sehen?"

„Das heißt: Dann sehen wir mal!"

„Ach so …!"Sie sah Karl lächelnd an und sagte: „Ist ja auch egal."

Was Karl mit: Mal sehen, gemeint hatte, war letztendlich ja auch egal.

Bevor sie danach einschliefen, plauderten sie noch ein wenig und Karl fragte:

„Du hast mir immer noch nicht verraten, wie ich denn nun in Zukunft heißen werde. Hast du dir schon was ausgedacht?"

„Ja …, ich hab da, einpaar Nachnamen im Kopf, die mir gefallen würden. Was hältst du von: Duprais, Monnier oder Delorme?"

„Eigentlich solltest du doch wählen. Und was soll aus Karl werden?"

„Oh …! Da hab ich auch was, zum Beispiel: Marcel, Max, Oliver oder Marco"

„Hm …, wenn ich so überlege, Familie „Duprais-Laroche", klingt nicht schlecht. Oder …?" Meinte Karl.

„Dazu würde ich sagen: Max Duprais. OK …? Handschlag …?"

„Handschlag …! Alles klar …!"

„Hallo, Monsieur Max Duprais …! Da bist du ja endlich!" Fügte Karin lachend hinzu.

Am nächsten Morgen, als das, nun sozusagen, verlobte Dschungelpärchen erwachte, erwachten auch in ihren Gedanken, die Vereinbarungen und Geschehnisse des Vorabends. Obschon für beide, gleichfalls ihr gewohnter Überlebenskampf erneut begann, so waren ihre Gefühle zueinander noch inniger geworden.

Karin hatte die zweite Wache bis zum Morgen übernommen und war bereits hellwach als Max langsam aufwachte.

„Guten Morgen, Max!" Sagte Karin in einen singenden Ton. „Hast du gut geschlafen?"

„Guten Morgen, mein Schatz! Sehr gut sogar! Und du selbst?"

„Danke, auch bestens."

„Keine besonderen Vorkommnisse?"

„Nein …, zumindest nicht seit gestern Abend!" Sie lächelte ihm zu.

„Ha, ha, ha …!" Machte Max, indem er gemütlich aufstand. „Dann ist ja alles gut …, denke ich?"

„Genau so ist es …".

Wenn Karl nun, ab diesem Morgen, auch Max heißen würde, war nur eines, denn der Abend, besser gesagt, fast die halbe Nacht, war bedeutend aufschlussreicher geworden, als er gedacht hatte. Er konnte nun sogar mit Bestimmtheit, stolz behaupten, dass er der erste Mann in Karins Leben war.

Trotz ihrer schwierigen Lage sah an jenem Morgen plötzlich alles anders aus. Dessen ungeachtet benötigten die nächtlichen Ereignisse keiner weiteren Kommentare. Man beschäftigte sich eher damit, wie man das vor ihnen liegende, nahezu unbesiegbare Hindernis überwinden könnte. Karin fühlte sich scheinbar in bester Verfassung, wäre Max sogleich und ohne Bedenken ins Wasser gefolgt. Er hingegen wollte sie, keinesfalls in diese unkalkulierbare Gefahr bringen.

Max schlug vor, wenn auch gewiss zeitraubend, eher zu versuchen das Sumpfgebiet zu umgehen, denn er war der Gefahr bewusst.

„Das Risiko ist zu groß. Denn das überschwemmte Gebiet könnte einen Kilometer breit sein, sogar noch breiter, dann würden wir es nicht schaffen. Wir haben keine Übersicht und es besteht die Gefahr, dass Krokodiele, Schlangen oder sonstiges Gesindel sich da aufhält. Man sieht diese Biester nicht unter der Oberfläche, wenn schon, dann ist es leider meistens zu spät. Außerdem ist der feste Grund unsicher. Du kannst nicht schwimmen, stell dir vor, du stolperst über eine Wurzel oder setzt den Fuß in eine Vertiefung, dann bist du, ruck zuck mit dem Kopf unter Wasser.“

Nur wenige Schritte vom Wasser entfernt, hatten sie festen Boden unter den Füßen. Und so machten sie sich, ein wenig plaudernd auf den Weg.

„Du hast recht, lassen wir das lieber …! Aber …, was ich dich fragen wollte. Was meinst du, Schatz, wäre es möglich, dass du mir vielleicht, das Schwimmen noch beibringen könntest? Ich meine …, ich frag ja nur.“

„Oh!“, machte Max erstaunt. „Die Frage kam jetzt aber wirklich zögernd! Hörte man nicht, noch vor Kurzem, du seist wasserscheu?“

„Hab ich das gesagt? Du hast wahrscheinlich da etwas falsch verstanden. Ich habe lediglich gesagt: Ich kann nicht schwimmen.“

„Ach so! Na dann ..., selbstverständlich kann ich das! Nur nicht hier und jetzt, in dieser Lauge. Aber hast du denn zufällig ein Badehöschen dabei?"

„Nein ..., hab ich nicht! Ist ja auch egal! Das hast du gesagt!"

„Schön, schön ...! Das könnte allerdings amüsant werden!"

Sie unterhielten sich über dies und jenes, während sie, fast eine Stunde lang, am Rande des Sumpfgebietes entlang gingen. Dann begann endlich, das Gelände spürbar anzusteigen und der Boden unter ihren Füßen fester zu werden.

Karin bemerkte, dass jedes Mal, wenn die Baumkronen es erlaubten den Himmel zu sehen, Max kurz den Blick nach oben richtete. Sie mied es im Allgemeinen, ihre Beobachtungen in Bezug auf sein, manchmal seltsames Verhalten, zu kommentieren oder vielleicht, in seinen Augen, blöde Fragen zu stellen. Sie wusste genau, dass er ernsthafte Vermutungen auch ohne Fragen erklären würde.

„Wir sollten uns beeilen höher gelegenes Gelände zu erreichen und uns eine feste und sichere Unterkunft suchen."

„Ist was?" Fragte Karin besorgt.

„Nun, ich schätze mal, dass du dich noch an den Tag erinnern kannst, an dem wir uns kennenlernten?"

„Oh ja! Und ...?"

„Seit dem Tag hat es keinen Tropfen mehr geregnet. Verstehst du, was ich meine? Und wenn ich mich nicht täusche, dann könnten wir in Kürze, eine ähnliche Überraschung erleben."

„Meinst du?"

„Es sieht jedenfalls nicht gut aus ..., da oben!"

Währenddem sie wenig später einen mehr und mehr felsigen Hang hochstiegen und nach einer Höhle oder ähnlichem Unterschlupf Ausschau hielten, kam es in Frankreich, an Karins ehemaligen Arbeitsplatz, zu einem peinlichen Zwischenfall.

Es schien, als hätte man dort die Hoffnung auf ein Wiedersehen endgültig aufgegeben.

Jean-Luc und sein Kollege Bernard hatten vor einiger Zeit bereits, ein Foto mit Trauerband ihrer vermissten Kollegin, an die Wand, über ihrem Rechner angebracht. Dies war ihrem Chef, Charles Dufour, jedoch offensichtlich ein Dorn im Auge. Es war offenbar, dass es eines Tages zum Kladderadatsch kommen würde.

An jenem Morgen hatte Bernard zeitweilig, Karins Rechner übernommen, um einige Vergleiche seiner Arbeiten, mit älteren Daten zu erstellen, als Dufour eintrat.

„Was machen Sie da …?"Fragte Dufour in barschem Ton. „Habe ich nicht gesagt, dass dieser Rechner nicht benutzt werden soll?"

„Aber …, aber Monsieur Duf …" Bernard fand wie gewöhnlich keine passende Antwort und wurde gleich von Dufour unterbrochen.

„Nicht da, aber, aber …! Diese Schlampe hat uns mit ihrer Löscherei die ganze Arbeit versaut!"

Als dieser Satz fiel, hätte man bemerken können, dass Jean-Lucs Kopf augenblicklich rot anlief und gleichzeitig feuerte er mit der Faust auf den Arbeitstisch, dass die Reagenzgläser klirrten. Und schon stand er auch Dufour gegenüber, schnappte in am Kragen und brüllte im ins Gesicht: „Was haben Sie da gesagt???"

Dufour war dermaßen überrascht, dass er im ersten Augenblick kein Wort mehr über die Lippen brachte. Dann kam doch bald die Gegenoffensive.

„Leroy …! Nehmen Sie Ihre dreckigen Pfoten von mir! Das …, das wird Ihnen Ihren Job kosten!"

Doch Jean-Luc war derart in Rage, dass er den Chef bis in sein Büro beförderte und die Tür zunächst zuknallte, dann wieder aufriss und in den Raum schrie:

„Das werden wir ja noch sehen, wer von uns beiden als Erster den Hut nehmen wird! Ich weiß mehr über Ihre Machenschaften wie Sie es sich vorstellen können!"

Dann ballerte er die Tür wieder zu und machte Aussehen das Labor zu verlassen.

„Wo gehst du hin?" Fragte Bernard besorgt.

„Ich geh eine rauchen und dann einen Kaffee trinken! Der kann mich mal …, der blöde Sack!"

Obwohl Jean-Luc im Ernstfalle, nichts besonders gegen Dufour hätte vorbringen können, vermuteten die beiden Laboranten, dass dieser, vielleicht doch keine besonders weiße Weste haben könnte, denn die angedrohten Sanktionen wurden vermutlich, vom Winde verweht. Sogar war Dufour, seit jener, doch ziemlich heftigen Auseinandersetzung, bemerkbar kleinlauter geworden.

10

Karin und Max quälten sich langsam, den immer steiler und steiniger werdenden Hang hinauf. Besonders für Karin wurde der Aufstieg zur Hölle. Immer wieder hörte Max ihre: „Ah!, eia! Aua! …", bis sie ihm zurief: „Max …! Ich kann nicht mehr!" Er drehte sich zu ihr um und sah, dass sie sich einige Meter tiefer, auf einem Felsbrocken niedergelassen hatte. Als er zu ihr kam, bemerkte er gleich, dass nun, einer ihrer Schuhe buchstäblich auseinandergefallen war und, dass der Zweite nur noch in einem desaströsen Zustand an ihrem Fuß hing.

„Ach du heilige Scheiße!" Rief Max aus, indem er sich den Hut in den Nacken schob. „So geht das nicht …, so kannst du nicht weiter laufen. Wo ist dein anderer Schuh?"

„Och …, ich weiß es nicht. Irgendwo da unten. Ist ja auch egal. Den andern schmeiße ich auch weg! Es sind nicht die Schuhe, ich bin nur etwas außer Atem. Ich meine, es geht noch besser ganz ohne Schuhe."

„Aber, Schatz …! Das geht nicht! Du machst dir doch die Füße kaputt!"

„Meinst du? Die Eingeborenen die laufen doch immer barfüßig. Wieso könnte ich das nicht?"

„Mein Gott noch mal, du kannst deine Füße doch nicht mit deren vergleichen! Die laufen so seit ihrer Kindheit. Die haben eine dicke Hornhaut unter den Füßen …, im Gegensatz zu dir."

„Ich will es aber versuchen!"

„Na schön, wenn du es absolut versuchen willst, mir soll's recht sein. Aber ich sag's dir, du wirst es bereuen! Bleib erst mal hier sitzen, ich werde mir in der Zwischenzeit, in der näheren Umgebung einen Überblick verschaffen. Vielleicht finde ich ja einen geeigneten Unterschlupf nicht zu weit von hier entfernt."

„Gut …, mach das. Keine Sorge, mir geht's gut, ich muss mich nur etwas ausruhen. Das ist alles."

Ungefähr eine halbe Stunde später, als Max von seiner Suchaktion zurückkehrte, saß Karin nicht mehr auf dem Felsblock. Er sah sich flüchtig um, aber konnte sie nicht entdecken. Dann rief er …, und prompt kam die Antwort:

„Hiier …, hier bin ich!" Er sah sie, erst als sie ihm zuwinkte. Sie stand nur einige Meter entfernt auf einem dicken Stein, neben einem kümmerlichen Gebüsch, daher hatte er sie nicht gleich gesehen. Als er näherkam, bemerkte er, dass sie barfuß da stand.

„Was hast du mit deinem Schuh gemacht?" Fragte er gleich.

„Hab ich dir doch gesagt."

„Hast du ihn tatsächlich …!"

„Hab ich …, du kannst ihn suchen, wenn du willst."

„Unglaublich, wie arglos du manchmal sein kannst. Und was nun? Hast du dir mal Gedanken darüber gemacht, wie lange und wie weit, du hier im Dschungel noch barfuß durchhalten kannst?"

„Werden wir ja sehen. Es ist etwas gewöhnungsbedürftig, aber zumindest ist es besser, als nur mit einem kaputten Schuh."

„Jedenfalls werde ich versuchen, dir irgendetwas zu basteln. Für den Fall …, du wirst sehen."

„Und was ist mit deinen Recherchen?"

„Eine wirkliche Höhle hab ich leider nicht gefunden, aber, etwas höher, dort drüben habe ich einen ziemlich breiten Felsvorsprung entdeckt, dort könnten wir ausreichend Schutz finden, schätze ich mal."

„Wunderbar! Du bist ein Ass, mein Schatz! Du findest jederzeit das Richtige."

„Ob es das Richtige sein wird, dass weiß ich nicht, jedenfalls ist es immerhin besser als gar nichts. Außerdem sehe ich, dass der Himmel immer dunkler wird. Wir sollten uns noch etwas trockenes Holz und ein Alzerl Nahrung in Sicherheit bringen."

„Na dann …, auf geht's!"

„Und du pass auf, wo du deine Füße hinsetzt!"

Auf dem Weg zu ihrer Unterkunft sammelten sie bereits eine Menge Holz ein und verstauten es in den hintersten Winkel ihrer neuen Behausung. Die Zeit drängte, denn als sie sich zur Nahrungssuche aufmachten, fielen die ersten Tropfen und nur einige Minuten später prasselte es bereits gewaltig.

In kürzester Zeit triefte Karins Kleidchen. Max hingegen, mit Hut und Wasser abweisender Buschkleidung fühlte sich in seinem Element.

„Ich bring dir meine Jacke!" Rief er ihr zu.

„Ach was …! Rif sie spontan zurück. „Tut das gut, diese lauwarme Dusche! Ich fühl mich wie in meinem Bad, Zuhause an einem warmen Sommertag!

Kurz, nachdem Karin mit einigen Früchten und Sprossen zurückgekehrt war, kam auch Max, er hatte, unter anderem, noch zwei Ratten, zur Strecke gebracht.

„Was bringst du denn da?"

„Ah …!"Machte Max. „Das, ist …, ich würde sagen, eine größere Art Mäuse."

„Was du nicht sagst!"

„Das ist gutes Fleisch! Du hast sogar schon davon gegessen, nur wusstest du es nicht."

„Du willst mich veräppeln, oder?"

„Absolut nicht. Denk mal scharf nach. Was haben wir bei den Indios gegessen?"

„War das etwa …? Nein …!"

„Doch, das war es …".

„Also …, ehrlich gesagt, das war gar nicht so schlecht. Hätte ich nie gedacht! Aber weißt du überhaupt, wie die das aufbereiten?"

„Ja, ich hab das, vor einpaar Jahren bei den „Suruahas" gelernt. Ich habe gleich auch die notwendigen Gewürze mitgebracht. Genau so, wie die Eingeborenen, werden wir es zubereiten."

Auch am nächsten Morgen regnete es immer noch in Strömen. In ihrem Refugium hatten sich die beiden gemütlich eingerichtet. Man nutzte die Zeit zum Kuscheln, zum Plaudern und man beobachtete, wie durch eine Gardine, den wortwörtlich, sogenannten Regenwald.

Einpaar Stunden später, begannen jedoch wieder die Mägen, sich knurrend bemerkbar zu machen und allein das Wasser, das der Himmel ihnen vor die „Haustür" schüttete, reichte nicht aus, um den natürlichen Aufforderungen ihrer Bäuche zu besänftigen. Es musste erneut, wohl oder übel, feste Nahrung herbeigeschafft werden.

Max hatte sich inzwischen mit seinen selbst gebastelten Bogen so weit vertraut gemacht, dass er auf relativ kurzer Distanz einigermaßen treffsicher war. Jedenfalls gelang es ihm, dann und wann, eine vielleicht auch etwas unaufmerksame Beute, zu erlegen.

„Du kannst hier im Trockenen bleiben, ich mach das schon."

„Ich könnte aber auch noch eine kleine Brause vertragen. Meinst du nicht, dass ich doch etwas muffle?"

„Ach was! Und wenn schon, das ist normal bei der Affenhitze, ich rieche auch nach „nassem Hund"."

Darauf verließ er mit seiner Jagdausstattung das Lager.

11

Fast wie eine moderne Kleinstadt, prangte der Standort der „Intermetal Brasilen" inmitten des Regenwaldes. Etwas abseits der Hauptgebäude konnte man eine gewaltige Baustelle erkennen. Neben mehreren kleinen Holzhäuschen, die als Aufenthaltsräume der Arbeiter errichtet wurden, lagerten noch Mengen von Materialien.

Im Inneren einer gewaltigen Halle herrschte wie an jedem Tag, auch an diesem Nachmittag ein ohrenbetäubender Lärm. Um die Zwanzig Schaffende, schweißten, schraubten, sägten und justierten dort an den verschiedensten Gerätschaften.

Auf einigen gewaltigen, zylinderförmigen Aufbauten, konnte man die Aufschrift: „RX 254", erkennen.

Hatte Monsieur Dumont, damals in seinem Büro, in Gegenwart von Karin Laroche, nicht ein gewisses, geheimes Projekt, „RX 254" erwähnt?

Man befand sich ohne Zweifel an dem Ort, wo Karins Laborarbeiten materialisiert werden sollten. Und es sah aus, als hätte Charly Thompson, trotz aller Schwierigkeiten, das Projekt noch nicht aufgegeben. Doch ein neuer Rückschlag bahnte sich an.

Ein offener Jeep näherte sich, Staub aufwirbelnd der Anlage und stoppte neben dem Eingang zur Halle. Am Steuer, Charly Thompson. Er schwang sich aus seinem Gefährt und verschwand, erkennbar in Eile und aufgeregt im Gebäude.

Bevor er einen kleinen Raum betrat, welchen er behelfsweise als Büro eingerichtet hatte, winkte er einen, nahe ihm beschäftigten Arbeiter zu sich, gab diesem eine kurze Anweisung, die man auf Abstand, vom Lärm übertönt, nicht verstehen konnte. Dieser überbrachte ebenfalls eiligst, Thompsons Auftrag an einige andere Mitarbeiter und wenige Minuten später erschienen vier der Männer in seinem Büro, dort wo man sich, zumindest etwas vom Lärm geschützt, unterhalten konnte. Diese Männer waren vermutlich, die Verantwortlichen der verschiedenen Arbeitsgruppen.

„Nun, meine Herren …, wir haben vor ungefähr einer halben Stunde, die Anordnung von der Generaldirektion erhalten, die Arbeiten am Projekt RX 254, unverzüglich einzustellen.
Jedenfalls, bis auf Weiteres, zu unterbrechen. So heißt es.
Was das bedeutet, benötigt wohl keiner weiteren Erklärung!"
„Unglaublich …! Was ist den eigentlich los?" Fragte einer der Männer erregt.
„Es ist so …, es fehlt uns eine Schlüsselformel, welche die Erfinderin, scheinbar gelöscht oder nicht gespeichert hat. Und um diese herauszufinden, benötigen wir vielleicht noch Monate."
„Das sieht nicht gut aus!"
„Allerdings …!"
„Und wenn es bis dahin, ich meine damit, bis in „X" Monaten, nicht gelingt?"
„Dann ist das ganze Projekt wohl im Eimer! Anders ausgedrückt: Dann haben wir einige Millionen in den Sand gesetzt!"
„Wenn es nun doch noch gelingen sollte, was wir alle hoffen, und wir die Arbeiten später wieder aufnehmen könnten, dann können wir doch jetzt nicht von heute auf Morgen alles so liegen lassen. Es muss doch zumindest vorgesorgt werden. Alles müsste gesichert und abgedeckt werden, einige Stellen müssten provisorisch abgedichtet und andere gestützt werden." Meinte einer der Anwesenden Vorarbeiter.
„Selbstverständlich werden wir alle notwendigen Vorsichtsmaßnahmen treffen." Erwiderte Thompson. „Ich habe

bereits alles in die Wege geleitet. Morgen Vormittag werden die erforderlichen Materialien angeliefert. Mit zwei Mann pro Abteilung könnt ihr Morgen mit diesen Arbeiten beginnen und die dazu erforderliche Zeit hier weiterarbeiten."

„Und was geschieht mit den andern Leuten?"

„Keine Sorge, ich werde diese Männer anderswo unterbringen. Wie es auch sei, niemand wird entlassen!" Beteuerte Thompson. „Noch Fragen ...? Na schön, alles klar also. Dann sehen wir uns Morgen."

Einige Minuten später, während dem Thompson mit seinem Fahrzeug in einer gewaltigen Staubwolke verschwand, trat nach und nach die Stille in der halle RX 254 ein und die Arbeiter begannen sich, um ihre Verantwortlichen zu versammeln.

Wenn die Nacht auch bereits seit mehreren Stunden hereingebrochen war, so hatte doch der Tag, auf dem Areal der „Intermetal", nicht alle Rechte abgetreten. Mächtige Projektoren gestalteten abwechselnd helle- und halbdunkle Bereiche auf den Straßen und in den Werkshallen und Lager erzeugten mindestens hundert von Lampen ein künstliches Tageslicht.

Von Anbruch der Dunkelheit bis zum Morgengrauen patrouillierten im Industriebereich bewaffnete Wachposten mit ihren Spürhunden. Im Wohn- und Geschäftsviertel konnte man Fahrzeuge einer internen Polizei beobachten. Das gesamte Betriebsgelände ähnelte sozusagen einer modernisierten Festung.

In der Halle des RX 254 hingegen brannte ab jenem Abend kein Licht mehr. Die Antwort auf die Frage, ob auch dieses Gebäude eines Tages, im hellen Licht erstrahlen würde, lag im Gedächtnis einer einzigen Person verborgen. Und diese eine Person war unauffindbar.

In Charly Thompsons Büro brannte jeden Abend, nun schon seit Wochen, das Licht bis tief in die Nacht hinein. Doch allem Anschein nach war er nicht der Einzige, der nach Informationen suchte.

Einige Tage, nachdem das Projekt auf Eis gelegt wurde, betrat wie des Öfteren, daher unauffällig, ein Mann am späten Abend eine der Werkshallen. Er trug die vorgeschriebene Arbeitskleidung der Wartungsmechaniker, in einer Hand seinen Werkzeugkoffer und in der andern eine Stablampe. Dann und wann hielt er inne neben einem Gerät oder einer Maschine, schien etwas zu überprüfen und ging dann weiter. Genau gesehen durchquerte er nur Halle, um am andern Ende wieder den Raum zu verlassen.

Draußen im Halbdunkel ging er eiligen Schrittes in Richtung der unbeleuchteten Halle des RX 254. An einer Ecke des Gebäudes angekommen, blieb er einen Augenblick stehen, warf einen kurzen Blick auf seine Armbanduhr, dann schlich er der Mauer endlang auf den Eingang zu. Als er ungefähr die Hälfte des Weges zurückgelegt hatte, blieb er erneut stehen, denn am anderen Ende des Gebäudes tauchte plötzlich ein Wachmann mit seinem Hund auf. Entgegen aller Erwartung kamen beide auf sich zu und begegneten sich am Eingang der Halle.

Ohne ein Wort zu reden, zog der Wachmann seinen Schlüsselbund, schloss die Tür auf und währen der Mechaniker im Gebäude verschwand, ging der Wächter seelenruhig seines Weges.

Was dort geschah, kann man nur erahnen. Doch scheinbar, gelang es einigen, trotz aller Sicherheitsmaßnahmen, sich begehrte Informationen zu verschaffen.

12

Drei Tage lang hatte es fast ohne Unterbrechung geregnet. Nun konnten Karin und Max, endlich ihre temporäre Unterkunft verlassen und den Weg ihrem Ziel entgegen fortsetzen.

Noch fast eine halbe Stunde mussten sie über Stock und Stein ansteigen, bevor sie den höchsten Punkt der Anhöhe erreicht hatten. Dann suchten sie nach einer Lichtung, von wo aus, sie einen bestmöglichen Fernblick, auf das vor ihnen liegende Gelände hatten.

Ein faszinierender Anblick: Diese Berge, Hügel und Täler, wie mit einer grünen, lockigen Matte überzogen, so weit das Auge reichte. In einigen Tälern zeichneten sich, kleine aber auch imposantere Fließgewässer ab, die irgendwann und irgendwo, sich alle in den majestätischen Amazonas vereinten. Einzelne Behausungen oder Dörfer konnte man auf den ersten Blick nicht erkennen.

So berauschend der Anblick auch war, beide wussten aus Erfahrung, dass dort, unter dieser Augenweide, leider auch in jedem Winkel, Verderben und Tot lauerte.

„Sieh mal dort unten, Schatz, diesem kleinen Fluss entlang …", sagte Max plötzlich, indem er auf eine Schlucht zeigte, die sich etwas nördlich von ihrem Standpunkt nach Westen ausdehnte. „Genau dort, wo der Fluss drüben hinter dem Berg verschwindet. Das, was ich da sehe, könnte ein kleines Dorf sein. Ist mit bloßem

Auge aber nicht genau zu erkennen. Mal sehen, aber das könnte unser nächstes Ziel sein."

„Ich weiß nicht, was du siehst, jedenfalls sehe ich nichts, was einem Dorf ähneln könnte. Ich sehe nur Wasser und Bäume."

„Macht nix, ich bin mir ja auch nicht sicher. Ich denke, wir sollten trotzdem ungefähr in diese Richtung weitergehen. Bis Morgen Nachmittag könnten wir vielleicht bis zum Fluss vorankommen. Vorausgesetzt, du hältst noch durch bis dort, mit deinen nackten Füßen."

„Mach dir doch nicht immer Gedanken um meine Füße. Ich sag dir eines, meine Füße schmerzen weniger als mit meinen kaputten Latschen."

„Na schön, du musst es ja wissen. Ich spür jedenfalls nichts. Ich kann mir nur nebelhaft vorstellen, wie es sich anfühlt."

Den neuesten Erkenntnissen gemäß begannen sie den Abstieg in Richtung Flusslauf. Es war ihr nächstes Ziel; ein Ziel, das sie wohl kaum verfehlen konnten.

Sie benötigten fast zwei Stunden, um die Flussebene zu erreichen. Der Boden unter ihren Füßen war noch aufgeweicht und die Steine aalglatt nach dem Monsun der letzten Tage. Barfuß war es nun doch nicht so einfach, wie sich Karin es vorgestellt hatte. Max unterstützte sie so gut er konnte. Doch trotz aller Hilfe, schlitterte sie mehrmals doch noch einpaar Meter auf dem Hinterteil, bevor sie wieder auf die Beine kam.

Einigermaßen heil im Tal angekommen, lag nun noch ein weiter Weg vor ihnen bis zum Flussufer.

Max konnte es nicht fassen, dass seine Gefährtin, nach den Strapazen des mühseligen Abstiegs, immer noch guter Dinge war. Sie scherzte sogar noch über ihre Peinlichkeiten.

Nachdem sie eine Weile gegangen waren, meinte sie plötzlich:

„Max …, bleib mal stehen, ich habe da so ein komisches Gefühl …, untenherum! Ich glaube …, da sind mir vorhin, bei meinen

Rutschpartien, einpaar faule Blätter, oder sonst was Modderiges ins Höschen eingedrungen!"

Auf diese klare Ansage konnte sich Max einen knalligen Lacher nicht verkneifen.

„Ach du lieber Himmel!" Machte er immer noch lachend. „Soll ich vielleicht mal nachsehen?"
„Och ne, Schatz …, lass mal, ich mach das schon."

Nach einem kurzen Griff in den Schlüpfer zog sie einige nasse Blätter hervor, und nachdem sie ihrem Fund einen flüchtigen Blick gewürdigt hatte, warf sie das nasse Zeug zu Boden und meinte:

„Es waren doch nur Blätter. Ist ja auch egal!"

Vielleicht war genau diese lockere Einstellung zu der anstrengenden und äußerst gefährlichen Wirklichkeit, die beiden die Kraft verlieh, jeden Morgen, guten Mutes, ein neues Stückchen ihres Weges in Angriff zu nehmen.
Noch ahnten sie nicht, dass noch bevor sie den Fluss erreichten, ein äußerst unangenehmes Abenteuer erwartete.

Kurz hatte Max geglaubt Stimmen zu vernehmen, doch als er innehielt und lauschte, waren doch nur noch, die immerwährenden Geräusche des Dschungels zu hören.
Dann, kaum hatten sie einige Schritte getan, standen sie urplötzlich von mehreren Indigenen umzingelt, die mit grimmigen Gesichtsausdrücken ihre Pfeile und Speere auf sie richteten.
Während drei von ihnen die beiden in Schach hielten, entrissen zwei der Männer ihnen ihre Macheten und was sie sonst noch bei sich trugen.
Max versuchte mit seinen spärlichen indigenen Sprachkenntnissen ihre Situation zu begründen, doch ihre Angreifer reagierten nicht auf seine Worte.

Karin und Max waren „weiße Eindringlinge", sie waren Gefangene, sonst nichts!

Nachdem man ihnen unsanft die Hände nach hinten gebunden hatte, wurden sie, genau so brutal vorangetrieben.

So befanden sie sich nur kurze Zeit später in einem Dorf. Hier waren die Behausungen rund, auch die Einwohner waren bei Weitem nicht so gastfreundlich, wie dort wo sie vor Kurzem zwei Tage und Nächte verbracht hatten. Sobald man die Gefangenen inmitten des Dorfplatzes auf die Knie gezwungen hatte, verschwanden alle Bewohner in ihren Hütten.

Vermutlich war es der Dorfälteste oder Häuptling, den man hinzu rief. Max versuchte erneut sich verständlich zu machen, doch auch dieser, schien seine Sprache nicht zu verstehen.

Nach einer Weile des frostigen Gelabers schickte der Häuptling einen seiner „Krieger" aus. Wohin? Jedenfalls schien er jemand von außerhalb des Dorfes herbeizurufen.

Weit konnte er nicht gewesen sein, denn es waren nur einige Minuten vergangen, bis er wieder auftauchte. Er kam in Begleitung eines Mannes zurück, welcher schon auf den ersten Blick höhere Gewalt ausstrahlte. Er trug einen imposanten Kopfschmuck und hielt, einen fast zwei Meter langen, geschnitzten und mit allerhand Flitter geschmückten Stab in der Hand.

Es war mit Sicherheit ein waschechter Ureinwohner, jedoch er sprach sogleich fließendes Spanisch, glücklicherweise, denn in dieser Sprache konnte auch Max sich verständlich machen.

„Ich bin der Schamane! Wer seid ihr und was habt ihr hier zu suchen?" Fragte er in einem eher autoritären Ton.

Max antwortete zu allererst mit einer demütigen Entschuldigung, bevor er begann, auf diplomatische Weise, ihre Anwesenheit und ihre Situation zu erklären.

"Ich verstehe." Sagte der Schamane mit besänftigter Stimme. „Nur solltet ihr wissen, dass Weiße in unserem Land nicht willkommen sind. Trotzdem habt ihr unser Territorium ohne Erlaubnis betreten."

„Es war nicht unsere Absicht Euer Dorf zu betreten." Beteuerte Max. „Wir waren auf dem Weg zum Fluss, als man uns festgenommen hat."

„Auch der Fluss gehört uns! Was suchtet ihr am Fluss?"

„Diese Frau ist auch von Weißen entführt worden." Erklärte Max. „Sie war verloren, als ich sie fand. Ich war mit ihr auf dem Weg zurück zu ihrer Familie."

„Ihr habt also nichts gemeinsam mit denen die unsere Wälder zerstören?"

„Nein, absolut nichts!"

„Gut …, wenn es so ist, dann werde ich mit den Ältesten des Dorfes verhandeln. Wir werden bestimmen was mit euch geschehen soll."

Darauf begab sich der Schamane in eine der Hütten, wo er scheinbar bereits von den Ältesten und dem Häuptling erwartet wurde. Die Einigungsgespräche dauerten an und währenddessen, mussten Karin und Max draußen ausharren, gefesselt auf den Knien und bewacht von zwei bewaffneten Indigenen. Dann endlich erschien die gesamte Delegation im Eingang der Hütte und näherte sich den beiden, Schamane voraus.

„Ich habe den Ältesten dieses Dorfes euere Angelegenheit unterbreitet. Wir sind zu dem Endschluss gekommen, euch freizulassen. Allerdings unter der Bedingung, dass ihr den gebräuchlichen, von den Ältesten festgesetzten, Sold zahlen werdet. Seit ihr damit einverstanden?"

„Wir wären gerne damit einverstanden, aber wir haben kein Geld!" Antwortete Max verlegen.

„Das hatte ich mir schon gedacht." Sagte der Schamane, indem er den Anwesenden zunickte. „Daher habe ich mich entschieden, euere Sicherheit zu übernehmen. Wenn ihr die Wahrheit gesprochen habt und meinem Verlangen zustimmt, werdet ihr sehr bald und in bester Gemütslage, zu eueren Familien zurückkehren. Verweigert ihr meine Hilfe, dann werdet ihr sterben!"

„Wir tun, was Ihr verlangt!" Sagte Karl, ohne zu ahnen, was der Schamane verlangte.

„Ich verlange nichts weiter, als den Haarzopf der Frau!"

„Wir haben keine Wahl!" Sagte Max, indem er Karin die Situation erklärte, denn sie hatte von den ganzen Verhandlungen kein Wort verstanden. „Bist du einverstanden?"

„Selbstverständlich!" Erwiderte Karin. „Sorgen wir dafür, dass wir so schnell wie möglich von hier verschwinden. Die Haare wachsen wieder nach, unsere Köpfe nicht!"

„De acuerdo!" [Einverstanden] sagte Max.

Karins imposanten Zopf mit einer adäquaten Schere abzutrennen, wär problemlos und ohne großen Aufwand vonstattengegangen, allerdings, die Indios kannten dieses Werkzeug nicht. Und so entwickelte sich die eigentlich harmlose Amputation, doch noch zu einer heiklen Angelegenheit.

Die beiden Männer, die sie die ganze Zeit bewacht hatten, zogen Karin aus ihrer Position hoch und brachten sie bis vor die Hütte der Ältesten. Dort befand sich ein Holzklotz, auf welchem die Indios wahrscheinlich ihre Jagdbeute zerlegten. Der Anblick dieser Einrichtung löste intuitiv bei Karin ein panisches Angstgefühl aus. Sie begann sich zu sträuben, doch es gab kein zurück mehr. Sie schrie sich die Seele aus dem Leibe, während man sie zu Boden zwang und ihren Haarzopf über den Holzblock zog. Der Schamane legte ihr sanft seine Hand auf ihre Wange und sagte: „Quedarse quieto!" Max rief ihr zu: „Nicht bewegen! Sagt er." Dann hörte man einen dumpfen Schlag und der Zopf war ab!

Auf Anweisung des Schamanen half man Karin wieder auf die Beine und löste ihre Fesseln. Auch Max wurde gleich darauf befreit. Man händigte ihnen ihre entwidmeten Werkzeuge wieder aus und kurz darauf konnten sie das Dorf verlassen.

Bevor sie im Busch untertauchten, drehten sie sich noch einmal um und sahen, wie der Schamane ihnen noch mit seinem Stab zuwinkte, an dem bereits Karins Haarstrang baumelte.

Dieses Abenteuer hatte beiden scheinbar die Stimme geraubt. Eine ganze Weile schlugen sie sich schweigend durchs Gebüsch, bis Karin fragte:

„Glaubst du, dass dieser Zauberer, oder Schamane, wie er sich nannte, etwas mit meinen Haaren anrichten kann?"
„Och, ich weiß es nicht …, ich persönlich bin eigentlich nicht besonders gläubig, was diese Geistergeschichten betrifft. Man behauptet allerdings, dass diese Menschen irgendwelche übernatürliche Fähigkeiten besitzen. Die Indigenen würden diesem Mann jedenfalls niemals widersprechen."
„Nun, ich meine, es ist doch besser, dass ich nun aussehe wie ein gerupftes Huhn und nur meine Haare an seinem Stock hängen. Ich hoffe nur, dass es bei meinem nächsten Friseurbesuch etwas sanfter zugeht. Ich sag dir eins, das war das scheußlichste und barbarischste Erlebnis meines Lebens!"
„Ich konnte zwar nicht viel sehen, aber gedacht hab ich es schon, so wie du gebrüllt hasst!"
„Weißt du, Schatz, wir sollten uns nun eher Gedanken drüber machen, wie wir aus dieser Hölle herausgeraten und versuchen, den „Schamanen", möglichst schnell zu vergessen." Meinte Karin.
„Na dann …, versuchen wir es wenigstens!"

Nur wenig später hatten sie das Flussufer erreicht. Es war ein kleines, eher ruhiges, kaum zehn Meter breites Flüsschen. Zumindest war es so, an der Stelle, wo sie standen. Wie es nun weiter stromabwärts ausschaute, konnten sie nicht erkennen.
Max schlug vor, sich die Zeit zu nehmen, ein kleines Floß zu bauen und sich damit, ruhig von der schwachen Strömung flussabwärts treiben zu lassen. Er meinte, dass sie mit zwei

notdürftigen Paddeln, zu jeder Zeit, wenn es gefährlich werden sollte, ans Ufer steuern könnten.

Karin fand den Vorschlag gut, man könnten so vielleicht einen langen, mühsamen Fußmarsch einsparen, meinte sie.

Ohne Zögern begannen sie mit der Arbeit, schlugen passendes Gehölz und schmeidige Lianen, auch bereits gefallenes Holz und sonstiges Bindematerial fanden sie in der näheren Umgebung.

Auch in dieser Disziplin war Max kein Novize und nach einer knappen Stunde, doch etwas anstrengender Beschäftigung, war die erforderliche Tragfähigkeit erreicht.

Noch einpaar Ruder mussten gebastelt werden, dann konnten sie in See stechen.

Nasse Füße und sogar noch etwas mehr war allerdings in Kauf zu nehmen, jedoch blieben sie halbwegs über Wasser. Auch die Steuerung ließ zu wünschen übrig, doch dieses Übel konnten sie einigermaßen bezwingen.

Einige Zeit kamen sie heiter voran und ihr Wasserfahrzeug hielt stand.

Plötzlich, nach einer Krümmung, vernahmen sie, unweit entfernt, das Geschrei und Gejauchze, gleichartig, spielender Kinder. Dann erblickten sie eine kleine Bucht und wahrhaftig zwei Halbwüchsige, die dort im Wasser nahe einer kleinen Sandbank herumtobten.

Es dauerte nicht lange, bis einer der beiden Jugendlichen, das herannahende Floß bemerkte und sogleich seinen Spielkameraden auf seine Entdeckung aufmerksam machte. Eilends stiegen beide an Land und begann, scheinbar erfreut, herumzuhüpfen, zu rufen und zu winken.

Karin und Max waren noch zu weit entfernt um etwas Genaueres zu erkennen, doch als sie näher herankamen, erkannten sie auch einige Behausungen etwas abseits vom Ufer unter den Bäumen. Es waren keine Hütten wie die der Indios, sondern kleine stabile Holzhäuschen, die sehr den bekannten kanadischen Holzfällunterkünften ähnelten.

Von den beiden Jugendlichen herbeigerufen, kamen zwei Männer zu ihnen und kurz darauf folgten noch zwei Frauen.

Es war das erste Mal, seitdem Karin und Max im Regenwald unterwegs waren, dass sie, zumindest dem Anschein nach, einer zivilisierten Gemeinschaft begegneten, denn es waren hellhäutige Personen und alle trugen, mehr oder weniger, moderne Kleidung.

Dann kam doch plötzlich Geschäftigkeit auf. Die beiden Männer schienen in Eile, ein kleines motorisiertes Boot, zu Wasser zu schieben. Sobald der Motor gestartet war, kamen sie dem Floß entgegen. Indem sie in einem weiten Bogen über den Fluss wendeten und sich dann seitlich dem Floß näherten, riefen sie bereits von Weitem: „Verstehen Sie englisch?"

Als Max ihre Frage bejahte und das Boot, sozusagen am Floß angedockt hatten, erklärten die Männer:

„Ihr könnt mit Eurem Wrack nicht weiter! Nur noch eine halbe Maile und ihr geratet in ganz gefährliche Stromschnellen! Das würdet Ihr nicht überleben! Wir schieben Euch dort drüben bei uns ans Ufer! OK?"

„OK danke!"

Und bald darauf lief ihr wackeliges Wasserfahrzeug auf die schmale Sandbank auf.

Wenn Max auch noch einigermaßen fähig an Land gehen konnte, so empfand Karin, doch einige Schwierigkeiten auf die Beine zu kommen. Doch die beiden Frauen eilten ihr zu Hilfe, auch ein junges Mädchen, wahrscheinlich die Tochter einer der beiden Frauen war inzwischen hinzugekommen.

Während Max sich wieder und wieder bei den unbekannten Helfern bedankte, wurde Karin bereits ins Innere gebracht.

„Mein Gott …!"Rief eine der Frauen entsetzt aus. „Sieh dir die arme Frau an, Mary …! Ihr müsst wohl durch die Hölle gegangen sein!"

„Na ja ..., könnte man fast so sagen. Aber es geht schon wieder. Vielen Dank für ihre Hilfe!" stotterte Karin in einem etwas holprigen Englisch.

„Nichts zu danken! Wenn wir helfen können, dann tun wir das gerne." Erwiderte die unbekannte Helferin. Dann rief sie ihre Tochter.

„Jennifer ...! Lauf mal schnell zu Doktor Carter! Frag ihn, ob er sofort kommen könne, und sag ihm, dass wir eine verletzte Frau hier bei uns haben!"

Während Jennifer eiligst das Haus verließ, die Männer sich weiter draußen unterhielten und Mary den Tisch deckte, meinte Karin:

„Ist es denn wirklich notwendig, einen Arzt zu rufen? Ich bin doch schon wieder ganz o.k? Übrigens ..., mein Name ist Karin ..., Karin Laroche, und mein Freund heißt Max Duprais."

„Ah ..., das klingt französisch! Oder?"

„Genau!"

„Ich bin Kim Edwards und das ist unsere Nachbarin, Mary Anderson. Unsere beiden Männer da draußen sind, Mason, der kleinere, das ist der Meinige und William ist Marys Ehemann."

Ihre Unterhaltung wurde durch die Ankunft des Arztes unterbrochen.

„Bin ich froh, dass Sie sogleich kommen konnten, Doktor!" Empfing Kim, bemerkbar erleichter, den Arzt.

„Nah, wen haben wir denn da?" Äußerte sich Doktor Carter erstaunt. „Sie sehen aber nicht besonders frisch aus!" Meinte er dann.

„Das meine ich aber auch!" Sagte Kim. „Unsere Männer haben sie und ihren Freund auf einem miserablen Floß hergebracht. Ihr Freund scheint wohlauf zu sein, er spricht immer noch mit Mason und William draußen, aber die arme Frau, ihr Name ist Karin Laroche. Die Ärmste muss Schreckliches durchgemacht haben."

„Nun ja …, das, wie, wo und was, scheint mir, eine längere Geschichte zu sein. Misses Eduards …, könnte ich mir das ganze Ausmaß mal ungestört etwas genauer ansehen?"

„Selbstverständlich, Doktor! Kommen Sie, Karin, wir gehen in unser Zimmer nebenan, dort kann der Arzt Sie in Ruhe untersuchen."

„Aber Misses Eduards …, muss das wirklich sein?"

„Ja, das muss, es ist jedenfalls besser! Kommen Sie!"

Nur kurze Zeit später hatten es auch, die drei Männer bis ins Haus geschafft und ließen sich um den gedeckten Tisch nieder. Max unterbrach sogleich seine abenteuerliche Erzählung und fragte: „Wo ist denn Karin?"

„Keine Sorge, Monsieur Duprais, sie ist im Nebenzimmer mit Doktor Carter. Die Ärmste, sie muss erst mal verarztet werden."

„Vielen, vielen Dank an Euch alle! Ich werde selbstverständlich für eine angemessene Entschädigung sorgen!

„Ach Max, lass mal stecken! So gewaltig ist der Aufwand nun auch wieder nicht." Meinte Mason.

„Du hast recht, Mason." Fügte William hinzu. „Darüber sprechen wir einfach nicht mehr. Weißt du was, Max, unser Sohn ist für drei Wochen nach Mexiko in Urlaub, sein Zimmer ist bis dahin frei. Was sagst du dazu, Mary? Bleibt einfach bei uns, bis die Kleine wieder fit ist. Danach macht Ihr, was Ihr wollt. Einverstanden?"

„Ja, mir soll's recht sein!", sagte Mary. „Gute Idee, William!" Fügte Mason hinzu. „Das wäre ja nun auch geklärt. Und nun Max …, erzähl mal weiter."

Es dauerte noch, fasst eine halbe Stunde, bevor Karin und Doktor Carter aus dem Nebenzimmer zurückkehrten. Karin lächelte, als sie eintraten. Sie schien zufrieden mit der Arbeit des Arztes und in guter Verfassung. Von Kopf bis Fuß etwas rot angemalt war sie schon und ihre Füße waren mit weißen Bandagen umwickelt. Die Männer lächelten ihr etwas verlegen zu, doch man verkniff sich, irgendwelche eigenwillige Kommentare.

„So, da wären wir wieder." Sagte Doktor Carter. „Es ist alles in bester Ordnung. Es wäre allerdings angemessen, wenn sie ein Paar Hausschuhe über die Wundverbände tragen und ihre Füße möglichst schonen würde. Auf keinen Fall sollte sie, in den nächsten Tagen, draußen herumlaufen."

„Selbstverständlich, Doktor! Wir haben im Übrigen bereits alles diesbezüglich besprochen." Sagte, Misses Eduards.

„Na dann …, dann geh ich mal wieder. Ich komme morgen Nachmittag noch mal vorbei nach dem Rechten sehen."

„Was schulden wir Ihnen?"

„Na, na, Misses Eduards! Das lassen wir mal schön so stehen. Sie haben zwei Menschen das Leben gerettet, das hier ist mein Anteil."

Seit fast zwei Monaten hatten Karin und Max nicht mehr in einem richtigen Bett geschlafen und keine vernünftige Mahlzeit mehr zu sich genommen. Nun konnten sie sich endlich von ihren Strapazen erholen und die Nächte in Ruhe durchschlafen, denn sie fühlten sich in guten Händen.

Nachdem beide ihre erste Nacht im Hause der Andersons verbracht hatten, wurden bereits neue Pläne geschmiedet. Karin musste gezwungenerweise, unter Aufsicht von Mary und Kim, den Anordnungen des Arztes Folge leisten. Max hingegen beschäftigte sich draußen mit seinen neu gewonnen Freunden, Mason und William. Dabei kamen sie in ein überraschendes Gespräch, als sie den, neben Masons Haus geparkten Pik up warteten.

„Da wir schon dabei sind, könnten wir auch noch das Öl wechseln." Meinte William.

„Könnte nicht schaden." Sagte Mason. „Weist du, Max, hier in der Wildnis müssen wir jeden Monat unsere Reserven aufstocken und dazu müssen wir bis nach „Catrimani". Das sind rund zwei

Hundert fünfzig Kilometer, hin und zurück. Für spezielle Einkäufe, sogar nach „Caracarui", das sind noch hundert Kilometer mehr. Da ist es doch besser, wenn alles in Ordnung ist."

„Sagtest du, Caracarui?" Fragte Max erstaunt. „Wo sind wir hier eigentlich?"

„Wie ich schon sagte, in der Wildnis, über hundert Kilometer vom nächsten größeren Ort entfernt. Der Fluss hier ist der „Rio Branco", wenn das dir was sagt."

„Ja …, Caracarui! Ein sehr guter Freund von mir ist vor ungefähr einem Jahr nach Caracarui umgezogen."

„Dann fahr doch Morgen mit uns! Von Catrimani aus kannst du ihn vielleicht per Telefon erreichen. Er kann dir vielleicht weiterhelfen."

„Wenn's euch nichts ausmacht?"

„Ach was …! Ich wollte es dir schon vorschlagen, denn deine Freundin ist ja gut bei unsern Frauen aufgehoben. Die kommen sowieso nicht mit und in der Kabine ist Platz für drei."

Als Max, Karin am Abend die neuesten Erkenntnisse und sein Vorhaben unterbreitete, wurde sie plötzlich nachdenklich. Nach einer Weile sagte sie:

„Max …! Ich denke gerade an den Schamanen. Ich weiß du hältst nicht viel von solchen Sachen, aber, findest trotzdem nicht, dass alles was uns seit gestern geschieht, nicht doch irgendwie eigenartig ist? Könnte der alte Mann, nicht doch irgendwelche besonderen Kräfte besitzen?"

„Nun ja …, eigenartig ist es schon. Jetzt wo du es erwähnst."

„Denk mal nach, Schatz …, er sagte, dass wenn wir sein Angebot verweigern würden, dann würden wir sterben. Andernfalls würden wir bald zu unseren Familien zurückkehren! Nun …, wären diese Menschen nicht da gewesen, dann wären wir jetzt wahrscheinlich schon tot! Und nun wird dir auch noch die Möglichkeit gegeben, einen Freund wiederzufinden. Das kann doch kein Zufall sein!"

„Das ist allerdings schon ziemlich heftig. Ach, ich weiß auch nicht was ich dazu sagen soll. Wäre ja möglich."

In jener Nacht hatten die beiden doch einige Schwierigkeiten einzuschlafen.

Am nächsten Morgen verabschiedeten sich die drei Männer in aller Frühe, von ihren Lebensgefährtinnen, mit einer imposanten Einkaufsliste in der Tasche. Sie hatten einen langen Weg vor sich, und bevor sie die Hauptstraße erreichten, war dieser doch ziemlich holperig.

Jedenfalls hatten sie die Zeit ihren Tagesplan auszutüfteln.

Aus persönlichen Gründen hatte Max seine Buschkleidung gegen eine attraktivere ausgetauscht. Auf Anfrage hatte William ihm Passendes ausgeborgt. Selbst seinen sonst unentbehrlichen Hut hatte er zurückgelassen. Seinen strubbeligen, zweimonatigen Bart, hatte er für diesen Tag, nur künstlerisch aufgemöbelt, Karin aber versprochen, etwas später, das ganze Gewächs vollständig zu entfernen. So ausstaffiert hätte wohl niemand den schrägen Buschmann von einst, erkennen können.

Im Laufe des Vormittags erreichten sie Catrimani, wo Mason gleich ihren vertrauten kleinen Supermarkt ansteuerte. Als sie ausgestiegen waren, erklärte man Max, wo er das Postamt und gleichzeitig die Telefonzentrale finden konnte. Dort würde man mit Sicherheit die Telefonnummer seines Freundes herausfinden und von dort aus, könnte er auch gleich versuchen, diesen anzurufen.

„Nimm dir Zeit, denn wir sind sowieso hier im Laden eine Zeit lang beschäftigt." Sagte William. „Sollten wir früher mit unseren Einkäufen fertig sein, dann findest du uns dort drüben in der Kneipe. Wir machen jedenfalls wie gewohnt, immer noch Mittagspause, bevor wir nach Hause fahren."

Mason und William schlenderten immer noch im Laden herum, als Max nach einer guten halben Stunde wieder zu ihnen kam.

„Und …, hast du was erreicht?", fragte Mason.

„Alles klar!" Erwiderte, Max mit sichtbar entzückter Miene. „Haben wir noch eine Stunde Zeit?"

„Och je! Wie ich schon sagte, erst wird zu Mittag gegessen! Wenn wir gegen zwei Uhr aufbrechen, sind wir frühzeitig zu Hause."

„Versteht ihr? Mein Freund Rico und ich, wir haben uns seit über einem Jahr nicht mehr gesehen. Außerdem würde er mir etwas cash mitbringen. Er meinte, dass er in einer Stunde hier sein könnte. Meint ihr das, könnte noch hinhauen?"

„Kein Problem, Max, alles klar!"

„Es ist ja auch, dass meine paar Kröten im Saum, langsam zu Ende gehen. Ich möchte eure Hilfsbereitschaft doch nicht länger strapazieren und Karin benötigt auch unbedingt etwas Vernünftiges zum anziehen."

„Mach dir keinen Kopf, alter Freund, das kriegen wir schon hin!"

Als die drei Ausflügler gegen fünf Uhr noch nicht heimgekehrt waren, kam Mary bei Kim vorbei um sich zu erkundigen, ob man sich vielleicht vor der Abfahrt, über eine eventuelle Verspätung geäußert habe. Trotz Anweisungen des Arztes hatte auch Karin, die paar Schritte von nebenan gewagt.

„Normalerweise sind sie sonst doch immer so um vier schon da." Sagte Mary. „Es wird doch wohl nichts passiert sein!"

Kaum hatten sie ihre Meinungen ausgetauscht, hielt auch schon das Fahrzeug vor der Haustür an. Hingegen der Vermutung, dass ihnen unterwegs etwas Unangenehmes widerfahren sein könnte, sprangen alle drei in einem ziemlich lautstarken Lachchor, heiter wie noch nie, aus dem Wagen. Die drei Frauen beobachteten das lustige Treiben durch das Küchenfenster.

„Mann, Mann, Mann! Sehen die glänzend aus!" Rief Kim aus.
„Über die ist bestimmt was hereingebrochen. Da bin ich aber mal gespannt." Fügte Mary hinzu.
„Sieht nach einem feuchtfröhlichen Ereignis aus." Meinte Karin.

Kaum ausgestiegen, schwang sich William auf die Ladefläche, suchte einen Augenblick in der Ladung herum, dann reichte er Max und Mason drei ganz bestimmte Einkaufstüten, zwei kleinere und eine größere, die er Max zureichte. Dann sprang er vom Wagen.

Allem Anschein nach hatten sie im Eifer des Gefechtes, nicht einmal bemerkt, dass sie beobachtet wurden, denn bevor sie ins Haus kamen, folgte zunächst noch ein kurzes, geheimnisvolles Beratungsgespräch, welches wiederum mit einem herzhaften Gelächter abgeschlossen wurde. Dann erst näherten sie sich der Eingangstür.

Die Damen hatten sich eiligst vom Fenster zurückgezogen und um den Tisch platz genommen. Man machte Miene, als hätte man von alle dem nichts mitbekommen.

„Wo kommt ihr denn hehr um diese Uhrzeit? Wolltet ihr nicht gegen vier zurück sein?" Fragte Kim mit ernstem Gesichtsausdruck.
„Wir kommen aus … Catrimani …!!!" Stotterte Mason.
„Wir haben …, sozusagen …, einen kleinen Zwischenfall …, zu melden!!" Fügte William hinzu.
„Und du, Max, hast du auch einen geringfügigen Zwischenfall zu melden?" Fragte Karin.
„Jawohl, Schatz!!!"
„Na dann …, ihr fröhlichen Gesellen, dann lasst mal hören."

„Na ja …!"Machte William verlegen. „Aber …, wir haben euch auch etwas mitgebracht. Eine Kleinigkeit …, sag ich mal."

Einen Augenblick sahen sie sich bedeppert an, dann überreichten sie, dennoch etwas unsicher, ihre Geschenke.

Ihre Männer so bedrängt anzusehen, war des Guten dann doch zu viel und aus ihrer bedrohlichen Mimik heraus, entsprang plötzlich auch ihrerseits, ein schrilles Gelächter.

Nun begriffen auch die drei "Pantoffelhelden", dass man sie hinters Licht geführt hatte, und stimmten ins Gewieher ein.

Kim zog ein feines Armband aus ihrem Päckchen hervor. Und Mary ein Paar glitzernde Ohrringe. In Karins voluminöserem Paket befand sich eine komplette Ausstattung: ein luftiges Kleidchen, dazu passende Schuhe und sogar, im Doppelpack, feinste Unterwäsche. Max wusste, was sie dringend benötigte!

„Das ist lieb von euch, dass ihr an uns gedacht habt!" Sagte Kim. „Nur …, sagt mal, wo habt ihr Helden eigentlich das Geld hehr?"

„Ja, das möchte ich auch gerne erfahren! Ich hoffe doch sehr, dass die Haushaltskasse nicht zu sehr darunter gelitten hat." Meinte Mary.

„Nein, nein …, keine Sorge! Es ist nämlich so …".

Dann begann Max die ganze Geschichte, mit seinem Freund Rico zu erzählen. Es kam nur ans Tageslicht, dass sein bester Freund ihm eine gewisse Summe geliehen hatte. Allerdings, dass er mit Rico einen Plan ausgetüftelt hatte, wie er, ohne Verdacht aufzuwirbeln, an seine Ersparnisse herankommen würde, war nicht die Rede.

Rico hatte vorgeschlagen, seinen engen und vertraulichen Freund Pedro mit einzubeziehen. Versteht sich, dass beide einen geringen Prozentsatz, als Entschädigung für ihre Mühen, behalten würden.

Die doch beträchtliche Anzahlung, die Max, alias, Karl Klein, in „Bolivianos" unter der Hand erhielt, hatte er vorsichtshalber, gleich in Brasilianische „Real" umgetauscht. Nicht auf sein Bankkonto in Bolivien eingezahlt, sondern, in einem Schließfach am Flughafen von „Porto Velho" in Brasilien hinterlegt. Pedro wohnte nämlich im Stadtviertel „Tres Marias" von Porto Velho. Von dort aus würde dann Max Geld und Gut, vorübergehend auf Ricos Konto untergebracht.

Dies alles wurde unter vier Augen, außerhalb der Kneipe besprochen. Selbst Mason und William hatten von den Plänen der beiden nichts mitbekommen.

Als Max die Herkunft der Asche für die extra Ausgaben klargestellt hatte, stimmten sie kurz entschlossen ein Lied an, doch die Damen schienen nicht besonders angetan von ihren Gesangskünsten.

„Raus, raus jetzt! Draußen könnt ihr singen, solange und so laut ihr wollt!"
„Nur keine Aufregung, wir sind schon weg! Kommt Kameraden …, wir gehen abladen!" Sagte darauf Mason.

Seit dem Tag ihrer Rettung waren nun fast zwei Wochen vergangen und Karins Verletzungen waren bis auf einzelne gut verheilt. Sie konnte sogar seit einigen Tagen, ihre neuen Schuhe wieder tragen. Man musste sich allerdings damit abfinden, dass dieser Ort für die beiden „Schiffbrüchigen" keine dauerhafte Bleibe war. Demnächst würde William und Marys Sohn von seiner Reise nach Mexiko zurückkehren und sein Zimmer wieder in Anspruch nehmen wollen.

So entschieden sich Karin und Max, endlich die letzte Etappe ihrer abenteuerlichen Flucht durch den Dschungel in Angriff zu nehmen.

13

Nach einer kurzen Mittagspause machte sich Charly Thompson wieder an die Arbeit. Es war kurz nach ein Uhr, als er sein Büro betrat.

Sein Arbeitsraum war geräumig und modern ausgestattet, jedoch ohne jeden Schnickschnack. Im Zentrum befand sich ein riesiger Tisch, übersät mit ausgebreiteten Plänen und sonstigem Papierkram, Notizbücher, Winkel, Lineale …, sodass, das allgemein gebräuchliche kaum noch zu erkennen war.

In einer Ecke, neben einem Schrank, befand sich ein Rechner mit einem exorbitanten Monitor. Gegenüber ein Reißbrett, auf welchem ein weiterer Plan geheftet war und neben der Tür ein Kleiderständer bepackt mit weißen Kitteln, Schutzjacke und Helm …

Und eine der vier Wände war von einer überdimensionalen Landkarte fast gänzlich verdeckt.

Kaum hatte er begonnen eine Grafik zu begrübeln, die er soeben, noch zusätzlich, über das ganze Chaos ausgerollt hatte, als das Telefon klingelte.

„Ach du Scheiße …! Kann man denn keine fünf Minuten in Ruhe arbeiten?" Grummelte er vor sich hin. Dieses Gerät hatte er jedenfalls immer griffbereit.

„Thompson …! Was gibt's?"

„Ja Sir, da ist eine Dame am Telefon, die eine leitende Person des Projektes RX 254 persönlich sprechen möchte. Die Dame spricht perfekt französisch. Als ich ihr sagte, dass Sie, Sir, die leitende Person seien, verstummte sie einen Augenblick. Dann sagte sie wörtlich: Das muss ein Irrtum sein, denn Monsieur Thompson ist doch vor einigen Monaten tödlich verunglückt!"

„Was Sie nicht sagen!"

„Ja Sir ..., diese Dame behauptet, sie sei persönlich bei dem Unfall dabei gewesen, und dass sie Karin Laroche sei!"

„Was soll der Quatsch! Karin Laroche ist tot! Karin Laroche ist seit Monaten verschollen!" Sagte Thompson erzürnt und legte auf.

Im gleichen Augenblick, als er sein Telefon vor sich auf den Tisch warf, zuckte im, wie ein Blitz durch den Kopf: Habe ich da, verschollen, gesagt?! Sogleich griff er nach dem Gerät um einen spontanen Rückruf zu tätigen, doch ein nochmaliger Klingelton, kam ihm zuvorkam.

„Es tut mir leid, Sir, aber die Dame ..."

„Ok, ok, schon gut ...! Stellen Sie durch!" Unterbrach Thompson, hörbar aufgeregt.

Nach einem kurzen Klicken und darauf folgendem leisen Piepgeräusch vernahm er, wie von Weitem, eine etwas schüchtern klingende Frauenstimme:

„Hallo ..., Monsieur Charly Thompson?"

„Ja, sogar persönlich. Und Sie sollen Karin Laroche sein, sagte man mir."

„Aber, Monsieur Thompson, das kann doch nicht sein! Ich habe doch mit eigenen Augen gesehen, wie Sie im Geröll von einem Baumstamm mit in die Tiefe gerissen wurden."

„Nun, nachdem was Sie mir da erzählen, könnte ich fast glauben, dass Sie wirklich, Mademoiselle Karin Laroche sind. Und ich kann Ihnen dazu nur sagen, dass ich nicht dabei war! Soviel wir herausgefunden haben, war dieser Mann, dem Sie am Flughafen in die Finger gelaufen sind, ein gewisser Karl Klein. Mademoiselle Laroche …, Sie wurden entführt!"

„Oh je …! Was Sie nicht sagen!" Erwiderte Karin nach einer kurzen Pause.

„Na gut, lassen wir das im Moment. Wir unterhalten uns später darüber. Im Augenblick müsste ich wissen, wo Sie sich jetzt aufhallten, damit ich Sie so schnell wie möglich abholen kann. Besteht die Möglichkeit, dort wo Sie sind, eventuell in der Nähe, mit einem Hubschrauber landen?"

„Oh …! Das weiß ich nicht, davon verstehe ich nichts. Da muss ich mich erst mal erkundigen."

„Tun Sie das, Sie können mich jederzeit zurückrufen."

Die drei Männer, die doch einige Kenntnisse besaßen, was Hubschrauber und Standorte anging, machten sich an die Arbeit die bestmöglichen Angaben aufzuzeichnen. Die kleine Bucht schätzten sie als ausreichend für eine Landung ein. Da sie jedoch nicht über ein GPS-Gerät verfügten, konnten sie die genaue Lage nicht angeben. Nur einige Anhaltspunkte, die Charly und sein Pilot erkennen könnten, würden sie doch verhältnismäßig leicht zu ihrem Ziel leiten.

Gleichzeitig mit den erforderlichen Angaben, kündigte Karin an, dass sie nicht mehr alleine unterwegs war, und dass man einen zweiten Passagier mit an Bort nehmen müsse.

Charly fand nichts einzuwenden, da die Maschine für vier Passagiere gebaut war. Dabei ahnte er nicht und würde auch nicht erfahren, dass dieser Mann in Wirklichkeit Karins eigentlicher Entführer und derjenige war, den man lange Zeit gesucht hatte.

Obwohl keine der beiden Personen Ausweispapiere besaß, so schien ihm die Geschichte der beiden ausreichend glaubwürdig.

Am darauffolgenden Tag war es dann so weit. Charly war merklich aufgeregt, sogar hatte er ein etwas mulmiges Gefühl in der Magengegend, als er bei der Maschine eintraf.

Nick, sein Pilot, war schon dabei den obligatorischen Check außerhalb ihres Fluggerätes durchzuführen.

„Na Charly, in Form?"

„Geht so!" Sagte er kurz.

„Reg dich mal ab, Alter! Das wird schon werden. Gleich geht's los."

Charly war merkwürdigerweise nicht besonders gesprächig an jenem Morgen. Er schien in Gedanken versunken.

Nachdem beide eingestiegen waren und während Nick die Turbine startete und seine Instrumente justierte, meinte er:

„Wie wär's denn, wenn du mir mal irgendeine Richtung angeben würdest?"

„Ach so, ja!" Es war, als wäre Charly plötzlich aus einem Traum erwacht. „Rio Branco", sagte er, indem er einen Zettel aus der Tasche hervorzog."4°19'0 Nord, 70°7'0 Ost" fügte er hinzu. Von diesem Punkt aus geht's dann flussaufwärts im Sichtflug. Da irgendwo müssten wir eine Stromschnelle erkennen und ungefähr eine maile weiter, am linken Ufer, eine kleine Bucht mit einer Sandbank. Das soll unser Ziel sein. Genaueres konnte man mir nicht sagen."

„Ok, ok, dann wollen wir mal!", sagte Nick seelenruhig und zog die Maschine hoch.

Bereits nach einer knappen, viertel Stunde hatten sie den Ausgangspunkt ihrer Suche erreicht. Und den angegebenen Koordinaten gemäß, floss, tausendzweihundert Fuß unter ihnen, der Rio-Branco.

„Da wären wir." Sagte Nick. „Ich geh mal auf sechshundert Fuß runter, dann sehen wir besser, wo wir dran sind."

Kurz darauf sahen sie auch eine felsige Flussenge und die tobende Strömung. Und dann überflogen sie schon die beschriebene Bucht.

Dort am Boden kam Hektik auf als das typische Flatter- und Pfeifgeräusch des Helikopters unüberhörbar wurde. In wenigen Minuten stand die gesamte Einwohnerschaft draußen in der Lichtung und winkte.

Nick hatte sich einige Meter über der Wasseroberfläche in Stellung gebracht und schätzte zunächst die Landemöglichkeit ab.

„Sieht gut aus, Charly. Das müsste klappen." Meinte er und ließ sich vorsichtig auf die Lichtung zugleiten.

Die neugierige Gesellschaft zog sich eiligst zurück, denn es flog ihnen noch jede Menge Staub und Sand um die Ohren, bevor Nick das Triebwerk abschalten konnte. Jedenfalls war die Landung perfekt. Sie warteten noch einen Augenblick, bevor sie ausstiegen, zumindest bis sich der Sandsturm abflaute.

Charly war angespannt wie noch nie. So ernst kannte Nick ihn überhaupt nicht.

„Welche von den drei Damen ist denn nun die Auferstandene?" Scherzte Nick.

„Lass den Quatsch, Nick! Das ist nicht lustig!" Bekam er als Antwort.

„Los, aussteigen!" Sagte darauf Nick. "Entspann dich endlich, Junge! Wir sind da …, falls du es noch nicht bemerkt haben solltest!"

Der im allgemeinen so schlagfertige Charly schien plötzlich nicht so ganz bei der Sache. Da musste Nick wohl etwas nachhelfen, um ihn in die Realität zurückzurufen.

„Los, raus hier …! Reiß dich zusammen alter Freund, da draußen wartet das Publikum auf deinen Auftritt!"

Darauf hatte Charly, zumindest scheinbar, wieder einigermaßen, seine sonst immerwährende Dynamik wiedergefunden.

Die Rotorblätter waren inzwischen fast zum Stillstand gekommen, als Charly endlich ausstieg. Sogleich näherte sich ihm auch schon die ganze Gruppe freudig jubelnd.

„Hallo ihr lieben Leute!" Rief er ihnen zu. „Da sind wir ...! Charly Thompson, mein Name!"

Darauf löste sich eine junge Dame aus der Anzahl und kam eiligst, mit ausgebreiteten Armen, rufend auf ihn zu:

„Monsieur Thompson ...! Ich bin Karin Laroche!"

Man fiel sich in die Arme, drückte und schüttelte sich ohne Ende. Es flossen sogar beiderseits, einpaar Freudenträchen.

Nick, der immer noch in der Kanzel herumhantierte, beobachtete die beiden und grummelte zu sich selbst: „Na, wer sagt's denn! Mann, oh Mann ...! Das nenn ich eine Begrüßung!" Dann stieg auch er aus und gesellte sich zum Begrüßungskomitee. Indem er Hände schüttelnd an allen vorbei eilte, sagte er: „Nick Bennet, von Beruf „Flugsaurier mit Starthilfe"."

Nachdem sich die Gemüter etwas beruhigt hatten, fädelte Karin die Bekanntschaft zwischen Charly und Max ein.

„Kommen Sie, Monsieur Thompson, ich möchte Sie noch mit meinem Retter in der Not und nun allerbesten Freund, Max Duprais, bekannt machen."

Die beiden begrüßten sich mit einem freundlichen Lächeln und einem festen und langen Händedruck.

„Sehr erfreut Sie kennenzulernen, Monsieur Duprais!"

„Desgleichen meinerseits, Monsieur Thompson!"

„Ich danke Ihnen persönlich von ganzem Herzen und im Namen der Intermetal, für Ihre großartige Leistung. Seien Sie herzlich willkommen in unsere Gemeinschaft!"

„Vielen Dank, Monsieur Thompson!"

Dann rief Mason: „Wenn Ihr so weit seid, schlage ich vor, wir setzen uns alle dort hinten in den Schatten. Unsere drei Frauen, Kim, Mary und Karin, haben einpaar Kleinigkeiten und kühle Getränke dort vorbereitet.
Ich hoffe doch sehr, dass Ihr nicht gleich schon abhauen wollt!"
„Nein, nein …! So viel Zeit nehmen wir uns doch noch."
Meinte Charly.
„Wisst Ihr, Leute …," fügte Nick hinzu. „Ich kann den Hubschrauber so nicht starten. Viel, viel zu heiß! Das Ding muss erst mal abkühlen!"
„Alles klar, Nick …, wir verstehen deine Probleme." Sagte darauf Charly.

Über eine Stunde lang mussten Karin und Max, über ihre abenteuerliche Reise durch den Dschungel berichten. Dann meinte Charly, dass die Zeit zum Aufbrechen nun doch gekommen sei.
Man verabschiedete sich mit dem Versprechen demnächst, noch mal gelegentlich vorbeizuschauen, sobald es die Zeit dazu erlaube, aber bestimmt, bevor Karin und Max das Land verlassen würden.
Während Nick seine neuen Passagiere zum Hubschrauber begleitete, unterhielten sich Charly, Mason und William noch einen Augenblick etwas abseits. Charly notierte noch schnell die Bankverbindungen der beiden und sicherte ihnen eine angemessene Entschädigung zu.
Nur einige Minuten später hob dann der Helikopter, aus einer immensen Staubwolke heraus, ab.

Bereits währen des Fluges, beorderte Charly über Funk, einen Wagen zum Heliport, um die beiden Ankömmlinge gleich zu ihrer Wohnung zu bringen. Bevor sie landeten, zog Nick noch eine Runde über das gesamte Gelände, so konnten sich Karin und Max, gleich bei ihrer Ankunft, ein Bild ihrer vorübergehend neuen Heimat und des Umfangs, der „City Intermetal" verschaffen.

„Und …, was sagt ihr dazu?" Fragte Charly.

„Wow! Sieht aus wie eine kleine Stadt!" Meinten beide.

„Sieht so aus von hier oben, ist aber keine." Ihr werdet schnell merken, dass ihr nicht in einer Stadt wohnt." Erwiderte Charly.

Als der Hubschrauber aufsetze, wartete ihr Chauffeur bereits mit verschränkten Armen an seinem Fahrzeug gelehnt. Sobald sie ausstiegen, kam er ihnen lächelnd entgegen und hieß beide herzlich willkommen, so als empfinge er alte Bekannte.

Ihre spärliche Habe war schnell im Kofferraum verstaut, und sobald sie eingestiegen waren, kam Charly noch kurz herbei und sagte:

So …, Monsieur Brown bringt Euch gleich zu Eurem Apartment, er hat die Schlüssel. Seht Euch in Ruhe etwas um. Wenn ihr was essen möchtet, fast genau gegenüber, werdet Ihr ein kleines, aber gemütliches Restaurant finden."

Charly überreichte Karin seine Visitenkarte. „Ihr braucht nicht zu zahlen. Gebt dem Wirt einfach meine Karte.

So …, lasst Euch's schmecken. Ich habe noch einiges zu erledigen, danach komme ich bei Euch vorbei, um alles Weitere zu besprechen.

Darauf fuhr Charly, immer in Eile, mit seinem Jeep vorweg, gefolgt von Monsieur Brown, in Richtung Wohnviertel.

Die beiden Ankömmlinge trauten ihren Augen kaum. Alle diese modernen Gebäude, Geschäfte, Bars und Gaststätten, alles, was das Hertz begehrte.

„So, da wären wir." Sagte Brown, als er vor einem der Gebäude anhielt. Er hatte sich übrigens während der Fahrt, als Garry Brown vorgestellt und darauf gestanden, dass er in Zukunft, nur noch mit „Garry" angeredet werden möchte. „Lassen wir doch den Firlefanz mit Mister oder Monsieur Brown! Charly sagt auch immer: „Das bringt doch nichts!" Dabei ist er doch schon ein ziemlich großes Tier."

Wie angekündigt, erschien Charly am Spätnachmittag. Nachdem er sich persönlich vom einwandfreien Zustand der Wohnung und der Ausstattung überzeugt hatte, setzte man sich gemütlich zu einem Drink und er begann mit den wichtigsten Planungen für die kommenden Tage. So wie es Garry schon angedeutet hatte, entpuppte sich Charly als ein direkter Typ. Er mochte es nicht, wenn man um den Brei herum rührte.

„Unter uns möchte ich kein Monsieur oder Mademoiselle! Ich bin Charly, du bist Karin und du Max! Alles klar?"
„Wenn du es so möchtest, Charly? Einverstanden!" Erwiderte Karin.
„Gut, das wäre dann schon mal geklärt. Nun eine wichtigere Sache. Karin, ich habe dir bei unserer Privatbank, die sich dort hinten an der Ecke der Straße befindet, ein Konto eingerichtet. Ab Morgen kannst du dir dort Moneten besorgen. Und zwar steht dir eine Summe von vierzehn Tausend Dollar zur Verfügung. Das heißt, dein Gehalt der drei letzten Monate sowie eine Prämie, ich nenne das Mal unfein, „Schmerzensgeld", über fünftausend Dollar."
„Oh je, Charly …! So viel Geld auf ein Mal …!"
„Nun …, Dein Gehalt steht dir auf jeden Fall zu, aus dem einfachen Grund, dass du die ganze Zeit im Auftrag der Intermetal unterwegs warst. Was die Prämie betrifft, möchte ich nur noch von dir hören, ob du mit der Summe einverstanden bist. Du hast eine schwere Zeit hinter dir. Ich könnte es verstehen, wenn du mehr verlangen würdest."
„Aber, Charly …, was soll ich denn da noch mehr verlangen?"

Es wurde noch einiges besprochen. Charly schlug vor, am darauf folgenden Tag, den bereits aufgebauten Teil der Maschinerie, noch in Ruhe zu besichtigen, denn in zwei Tagen

130

würden die Arbeiten wieder aufgenommen und dann wäre es kaum möglich, sich noch verständlich zu unterhallten.

14

So wie jeden Morgen nun bereits seit fast zwanzig Jahren, machte Louis, der alte Postbote seine tägliche Runde der Ortschaften mit seinem fast gleichaltrigen Moped. Auch an jenem Morgen, aufrecht wie ein Zaunpfahl auf seiner Höllenmaschine, klapperte er den Weg endlang in Richtung „la Pommeraie".

In seiner Fracht hatte er einen Brief, der ihm bereits beim Sortieren der Post aufgefallen war. Da er mit der ganzen Geschichte der Familie Laroche vertraut war, hatte er gleich den Briefumschlag mit dem Logo der Intermetal erkannt. Was ihm aber besonders daran auffiel, war die brasilianische Briefmarke. Das konnte nur etwas ganz besonders sein.

Karin hatte sich noch kein neutrales Briefmaterial besorgt und hatte sich daher in Eile, Papier und Umschlag in Charlys Büro geborgt.

Im Großen und Ganzen hatte sich nichts in der kleinen Küche geändert. Nur ein kleines Heiligtum auf dem alten Geschirrschrank ließ vermuten, das die schwer geprüften Eltern, vielleicht doch noch nicht den letzten Hoffnungsschimmer aufgegeben hatten.

Die beiden halb herabgebrannten Kerzen, neben einem, mit Trauerband gezeichneten Foto ihrer Tochter, bezeugten, dass die kleinen Flammen, immer noch regelmäßig angezündet wurden.

Madame Laroche war damit beschäftigt das Mittagessen zuzubereiten und Monsieur Laroche hielt, wie allgemein, die

Stellung neben dem Herd. Er schaute zum Fenster und sah, dass Louis sein Mofa vor ihrer Haustür abstellte.

„Da kommt Louis!" Sagte er erstaunt. „Kommt er denn heute schon mit der Rente?"
„Och nee ...! Die Rente kommt doch erst nächste Woche." Meinte Madame Laroche.

Man war alte Bekannte, sogar dicke Freunde geworden, mit den Jahren. Louis war ihr Helfer in der Not, wenn es sich um irgendwelchen Papierkram handelte. Er war ja der „Beamte", der Mann der alles wusste und auch die blödesten Formulare meisterte.
Nachdem man sich freundschaftlich begrüßt hatte, meinte Monsieur Laroche:

„Du bringst uns sicher wieder ein Haufen von diesem Reklamezeug?"
„Nein Antoine ..., kein Reklamezeug. Ich hab da einen Brief für euch. Wenn ich die Briefmarke haben könnte, dass würde mich freuen?"
„Och, Louis! Kannst du haben. Wenn's dir Freude macht und solange du keine Kröten verlangst!"
„Warte, Louis, ich hohl dir eine Schere! Ist das denn eine besondere Briefmarke?" Fragte Madame Laroche.
„Aber ja! Sieh doch mal, das ist eine brasilianische Briefmarke!"

Augenblicklich erstarrten, Madame Laroches Gesichtszüge und ihre Hände begannen zu zittern. Erst in dem Moment kam ihr der Gedanke der Anschrift einen Blick zu widmen und sogleich erkannte sie Karins Handschrift.

„Oh mein Gott!" Rief sie. „Das ist die Handschrift unserer Kleinen!"

„Reg dich nicht so auf, Mama! Denk daran, was der Doktor dir gesagt hat!" Riet ihr Antoine. „Das ist bestimmt ein Brief der, die ganze Zeit irgendwo herumgelegen hat."

Madame Laroche hatte keinen Blick mehr für die Briefmarke. Laut weinend versuchte sie den Brief zu öffnen, doch sie zitterte derartig, dass es ihr nicht gelang die Schere anzusetzen.

Antoine schien nicht an ein Wunder zu glauben und sah besonnen zu. Dann sagte er:

„Louis hilf ihr Mal, sie ist imstande sich die Schere noch schnell in die Finger zu rammen!"

„Ja, Germaine, gib hehr, es ist besser, wenn ich das mache!" Meinte auch Louis.

Nachdem Louis den Umschlag geöffnet hatte, reichte er Germaine den Brief. Jedoch sie versuchte vergebens etwas zu erkennen, ihre Augen von Tränen überflutet weigerten sich, ein einziges Wort wahrzunehmen.

„Ich kann nichts erkennen! Hier nimm, Louis, kannst du uns es vorlesen, bitte?"

„Ja, Louis, ich habe auch gerade meine Brille nicht bei Hand."

„Klar, gib hehr Germaine, ich mach das schon."

Louis bemerkte gleich, als er das Datum vom zehnten April las, dass dies keinesfalls ein älteres Schriftstück sein konnte, denn man schrieb an jenem Tag, den neunzehnten April.

Kaum hatte er das Datum und die Anrede: Liebe Mama und lieber Papa, vorgetragen, wurde er auch schon von Germaine unterbrochen.

„Oh mein Gott …!! Unsere Kleine muss noch am Leben sein!!!" Rief Germaine laut weinend.

„In der Tat, diesen Brief hat sie ja erst vor neun Tagen geschrieben!" Sagte Louis.

Scheinbar hatte auch Antoine im Stillen sein „A+B" berechnet und begann diskret mit der Suche nach seinem Taschentuch.

„Das könnte stimmen, was du sagst, Louis." Meinte Antoine. Seine Stimme war plötzlich weich und schwankend geworden.
„Sag uns, Louis, dass sie noch lebt! Vielleicht ist sie doch schwer verletzt und liegt da unten irgendwo in einem Krankenhaus. Louis, was schreibt sie uns? Was schreibt sie?" Jammerte Germaine.

Louis war fast wie ein Mitglied der Familie, er kannte Karin seit ihrer Kindheit und empfand ex abrupto selbst einige Schwierigkeiten seine Gefühlswallung zu unterdrücken. Er musste nun auch selbst, einmal tief durchatmen, bevor er weiter lesen konnte.

… Ich schreibe euch diese paar Zeilen um euch mitzuteilen, dass ich gestern Nachmittag endlich an meinem Arbeitsplatz angekommen bin und, dass es mir gut geht.
Ich werde euch einen langen Brief schreiben, sobald ich eingerichtet bin. Ich habe hier eine schöne Dreizimmerwohnung mit allem Drum und Dran, nur muss ich mir neue Kleider und vieles Andere kaufen, denn bei dem Unfall, habe ich alles verloren.
Es tut mir leid, dass ich euch nicht früher schreiben konnte, denn seit dem fünfzehnten Januar, war ich im Uhrwald unterwegs. Es war ein Mann, der mir damals das Leben gerettet hat, aber davon werde ich euch später erzählen. Nur soviel, wir sind beste Freunde geworden!
Die Gedanken an euch, liebe Mama und Papa, haben mir die Willenskraft gegeben, den langen Weg zu schaffen.

Ich habe mich sehr verändert während dieser Zeit. Ich bin zwar eine Frau geworden, aber ich bin und bleibe immer noch eure „Kleine".

Auf bald, Mama, Papa, euere Karin.

Wenn die Mutter ihre Freude und Emotionen kaum noch zu zügeln vermochte, so zeigten sich die beiden Männer etwas delikater, dennoch gelang es auch ihnen nicht, ganz und gar, entspannt zu bleiben.

Noch war die Atmosphäre in der kleinen Küche gespannt, doch die Erleichterung und die Freude, begannen die Angst und die Trauer nach und nach zu verdrängen.

„Siehst du Germaine, deine Gebete wurden doch noch erhört." Sagte Louis nach einer Weile des Schweigens.

„Oh mein Gott …!! Welche Freude!!! Unser Kind wurde gerettet! Wie können wir nur diesem unbekannten Menschen danken?"

„Ja …, das ist eine große Freude!" Sagte nun auch Antoine.

„Ich glaubte nicht mehr daran, Louis. Nein, Louis, du kannst mir glauben, ich hatte keine Hoffnung mehr unsere „Kleine", noch mal wiederzusehen."

Mit ihrem kurzen Brief war Karin den Herren in Paris zuvorgekommen, denn die gute Nachricht von dort kam erst zwei Tage später in „Pommeraie" an.

15

Drei Wochen waren vergangen seitdem Karin und Max ihre Wohnung bezogen hatten. Und seit zwei Wochen arbeitete sie mit Charly an der Fertigstellung der Pläne, nach welchen nun die Informatiker die Formatierung der imposanten Rechner in Angriff nehmen konnten.

Während Karin den Tag in Charlys Büro verbrachte, beschäftigte sich Max damit, die Wohnung nach Karins Geschmack aber auch teilweise, seinem eigenen einzurichten.

Man hatte sich bereits mit Charly darüber unterhallten, dass er, nachdem diese Arbeiten abgeschlossen seien, Max gerne irgendeinen Aushilfsjob annehmen würde. Denn Müßiggang wäre nicht so sein Ding, meinte er.

In diesem Zusammenhang hatte Max erklärt, dass er sich unter Anderm einige Jahre beim Militär herumgeschlagen habe. Daraufhin hatte Charly ihm vorgeschlagen, doch für einige Monate beim Sicherheitspersonal einzusteigen. Zumindest solange die beiden in Brasilien verweilen würden. Und Max zeigte Interesse an Charlys Angebot.

Wenn Max es auch nicht erwähnen durfte, er hatte Karin gesehen, so wie sie aus Paris angekommen war und er hatte ihre Metamorphose zu dem, wie und was sie nun war, hautnahe miterlebt. Charly hingegen kannte sie nicht anders.

Während der ersten Woche, bevor sie ihre Arbeit wieder aufnahm, hatte sie ihre Garderobe vollständig erneuert. Das Geld dazu hatte sie ja. Ein Besuch in Friseur- und andern Salons hatten, aus ihr eine ganz andere Person gezaubert. Nur an ihrer ruhigen, angenehmen, manchmal auch lustigen Art, hätte man sie noch erkennen können.

Des Rätsels Lösung, nach welcher, Charly, Monate lang, gesucht hatte, war schnell gefunden. Karin hatte zunächst einige, für den Laien nebulöse, Formeln auf einem Blatt Papier gekritzelt, dann setzte sie sich an den Rechner und nach einigen Minuten spuckte der Drucker bereits das fein säuberliche Resultat aus.

„So, Charly …, da haben wirs!" Sagte sie lächelnd, indem sie Charly das Papier in die Hand drückte.

„Sag mal, Karin …, hattest du das hier, damals aus deinem Rechner gelöscht, oder hat da jemand an deinem PC herumgefummelt? Unsere Leute haben gesucht und gesucht!"

„Es tut mir leid, Charly, aber ihr hättet noch lange suchen können. Es gab nichts zu löschen oder zu finden, ich habe diese Einträge nie gespeichert."

„Ich versteh das einfach nicht …, unfassbar! Das sind ja Monate mehr und jetzt, in fünf Minuten, haust du mir das einfach so da hin!"

„Ich weiß auch nicht wieso, vielleicht habe ich ein gutes Gedächtnis …, oder so was Ähnliches. Ist ja nun auch egal!"

In der Montagehalle war es inzwischen ruhiger geworden. Die größten Lärmproduzenten, die Maschinenbauer, hatten ihre Arbeiten abgeschlossen und waren ausgesiedelt. Nun waren Elektro- und Informatiktechniker damit beschäftigt, Maschinen und Steuergeräte zu verkabeln.

An jenem Morgen machte das Gerücht die Runde, dass die famose und heiß erwartete Mademoiselle Laroche, ihre, bei einigen vielleicht berüchtigte, Inspektionsrunde absolvieren würde.

Keiner, von denen die dort zurzeit arbeiteten, hatte diese Person bislang zu Gesicht bekommen und die hirnrissigsten Äußerungen wurden ausgetauscht.

„Hast du auch geöhrt, dass die Göre die diesen Plunder erfunden hat, heute hier auftauchen soll?"
„Na das kann ja heiter werden! Schöner Tag in Aussicht!"
„Ich weiß nicht …, so wie ich hörte, soll es so eine alte Schachtel, eine Alleswisserin sein! Verstehst du, was ich meine?"
„Ja, ja, so ähnlich wie: Was ist das denn? Das muss so gemacht werden! So geht das nicht! Das sieht nicht gut aus, das müsst ihr mir neu machen … und so weiter, und so weiter!"

Wenn einige sich äußerst pessimistisch zeigten, so bereiteten andere den Besuch der mysteriösen „Mademoiselle Laroche" mit optimistischer Sorgfalt vor, in der Hoffnung, vielleicht ein Lob oder gar einen Gruß zu ergattern.
Ein Mauerer war dabei ein kleines, halbrundes, scheinbar dekoratives Mauerwerk, unweit des Eingangs zu errichten. Ein Kollege stutzte, als er vorbeikam.

„Was soll das den werden? Hab ich nicht auf dem Plan gesehen!"
„Stimmt …, ist auch nicht auf dem Plan. Das ist ein ganz persönliches Werk!"
„Du bist wohl nicht ganz bei Trost! Was soll der Scheiß?"
„Hör mir mal zu, Alter! Geh einfach weiter und lass mich in Ruhe! Das ist sehr wichtig, was ich hier mache …!
Wenn du es wirklich wissen willst, das ist für Mademoiselle Laroche!"
„Oh la! Jetzt ist er komplett durchgedreht! Mademoiselle Laroche! Was soll Mademoiselle Laroche damit? Vielleicht Blumen pflanzen?
„Sie wird den Scheiß abreißen lassen …, Mademoiselle Laroche!"

Man könnte sich, in der Tat, die Frage stellen, was der gute Mann mit seinem „Blumenkasten" an dieser Stelle bezwecken wollte. Vielleicht war es doch gedacht, um irgendwas hineinzupflanzen. Jedenfalls war es saubere Arbeit aus roten und gelben Dekoziegeln gemauert, etwa einen Meter hoch und einen halben Meter breit. Nachdem er sein Werkzeug zusammengelegt und alles rundum säuberlich geputzt hatte, begann er damit sein Mauerwerk mit Sand zu füllen.

Er war soeben dabei einen letzten Eimer Sand nachzufüllen, als sich die Tür öffnete und Karin in Charlys Begleitung eintraten.

Gespannt richteten sich spontan alle Blicke in Richtung Eingang. Allem Anschein nach war die Statur und Aufputz der heftig diskutierten Karin Laroche, nicht so ganz im Einklang mit den Fantasien einiger, vielleicht sogar der meisten Anwesenden.

Im Gegensatz zur „alten Schachtel", erweckte Karin den Eindruck einer jungen, dynamischen Sportlerin.

Beide begrüßten freundlich den Mann mit dem Sandeimer, denn auch Charly hatte gleich bemerkt, dass dieses Werk nicht auf den Bauplänen eingezeichnet war.

Die diskreten Zuschauer erwarteten jeden Augenblick eine heftige Auseinandersetzung, doch nichts dergleichen geschah. Im Gegenteil, bevor sich die beiden zunächst in ihr Büro zurückzogen, klopfte Charly dem Maurer noch freundschaftlich auf die Schulter und auch Karin schien sich noch herzlich zu bedanken.

Dann packte der Arbeiter sein Werkzeug und ging durch eine Seitentür hinaus. Als er an seinen Kollegen vorbeikam, hofften diese noch etwas Näheres zu erfahren, doch als derjenige, der vor einpaar Minuten noch, über seine persönliche initiative gelästert hatte, nachfragte, kam gleich die Antwort: „Frag Mademoiselle Laroche doch selbst …, du Klugscheißer!"

Nachdem Karin und Charly, im Büro der Halle, einige Pläne und Dokumente in Augenschein genommen hatten, zogen sie sich weiße Kittel und Schutzhelme über, um kurz darauf im Maschinenraum zu erscheinen.

Einer der Techniker schaute diskret auf und nuschelte seinem Kollegen zu:

„Scheiße …, sie hat sich einen Kittel übergezogen! Schade …, man hätte sie mal näher betrachten können."

„Wie du sagst …, sah eben, von Weitem gesehen, verdammt gut aus!" Meinte sein Freund.

Man konnte sich, nicht länger unterhallten, denn die beiden näherten sich und Charly rief alle Beschäftigten zusammen.

„Meine Herren, ich habe die Ehre Euch heute die Erfinderin des RX 254, Mademoiselle Karin Laroche, vorzustellen.

Wie Ihr alle wisst, Mademoiselle Laroche hatte einige Schwierigkeiten bis zu uns zu gelangen. Da sie nun bei uns ist, zähle ich auf Euch, dass alles reibungslos verläuft und, dass dieses, ich kann, wohl sagen, Wunderwerk, nun bald gestartet werden kann.

Aus Eueren Berichten sehe ich, dass die zentrale Kommandokonsole bereits betriebsfähig ist. So ist es doch?"

„So ist es, Monsieur Thompson. Dieses Pult kann unter Spannung gesetzt werden."

„Sehr gut meine Herren!

Nun …, bevor wir weiter machen, möchte Mademoiselle Laroche Euch noch einpaar Worte, sagen."

„Zunächst einmal …, guten Morgen allerseits!" Begann Karin mit einer etwas sachten Stimme. „Es liegt mir nicht besonders lange, paradoxe Vorträge zu hallten, daher werde ich Euch auch nicht lange von Euren Beschäftigungen abhalten.

Es freut mich, nun endlich bei Euch zu sein. Ihr habt schon vieles geleistet und ich hoffe, dass wir nun bald, unser gemeinsames Projekt in Betrieb nehmen können.

So ..., das war's, was ich Euch sagen wollte. Und ..., vielen Dank für Euren freundlichen Empfang!"

Die wenigen Worte wurden mit einem heftigen Applaus begrüßt. Dann fügte Charly hinzu:

„Es war kurz, aber so wie ich Mademoiselle Laroche kennengelernt habe, kann ich Euch versichern, dass diese Worte von ganzem Herzen kamen!"

Nach einem weiteren kurzen Beifall sagte Charly noch:
„Danke, meine Herren ...! Und wir beide gehen dann mal weiter."

Karin und Charly spazierten noch fast eine halbe Stunde lang zwischen den Maschinen hin und her. Manchmal unterhielten sie sich auch etwas länger, bei einem oder dem andern Aggregat.

Als ihren Rundgang beendet hatten, gingen sie zurück in ihr Büro, legten ihre Schutzkleidung ab und verließen das Gebäude.

Doch bevor sie den Ausgang erreicht hatten, verharrten und begutachteten sie erneut noch einige Minuten, die eigenartige Kreation des Maurers. Man beobachtete sie diskret, nur schien es so, als würde plötzlich das fragliche Objekt nicht mehr im Mittelpunkt der Neugier stehen.

Das Interesse konzentrierte sich eher auf Karins Outfit: ein enges, weißes Ti-Shirt mit aufgedrucktem Firmenlogo. Ein breiter Ledergürtel mit auffallend großem Koppelschloss, umschlang ihre Taille, unter welchem eine knappe Jeans Shorts mit hellem Saumumschlag hervor kam. Mit langen, schmächtigen Beinchen, war Karin nicht gerade ausgerüstet, ihre Person erhob sich auf kräftigen, eher sportlichen Beinen, die in einem Paar blendend weißen Tennisschuhen endeten.

Erst als die beiden das Gebäude verlassen hatten, erwachten die Beobachter langsam aus ihren Träumen.

„Verdammt noch mal, ist das ein Gefährt!"

„Vorsicht Junge ...! Wenn du die auf der Straße begegnest ...,
denk dran, das ist ein höheres Geschöpf!!! Die Dame hat das
Sagen in diesem Gebäude!"

„Hinkucken darf man aber trotzdem. Oder ...?"

16

Es war bereits zehn Uhr. Jean-Luc Leroy und Bernard Petit fanden merkwürdig, dass ihr Chef, Charles Dufour, noch nicht eingetroffen war. Im Algemeinen war er spätestens, gegen halb neun, immer zur Stelle.

Als sie sich etwas später erkundigten, sagte man ihnen, dass ihr Chef erkrankt, und wahrscheinlich einige Tage abwesend sei.

Die beiden wussten, was zu tun war, sie hatten ihre Arbeit und machten sich daher keine Gedanken über den Gesundheitszustand ihres „beliebten" Oberhauptes.

Doch dann, zwei Tage später, als sie kurz vor acht zum Dienst erschienen, begrüßte sie ein Unbekannter. Er nannte sich, "Alfons Durand". Er erklärte ihnen, dass er Monsieur Dufour während seiner Abwesenheit vertreten werde. Die beiden Laboranten bemerkten jedoch rasch, dass Monsieur Durand nicht besonders erfreut war, Dufour zu vertreten, und sei es auch nur vorübergehend.

„Ich hoffe, dass ihr beide, mehr oder weniger, vertraut seit mit dem was hier gemacht wird. Ich bin heute Morgen eine Stunde früher gekommen, um mir einen Überblick zu verschaffen, leider ohne Erfolg. Entschuldigt, wenn ich mich etwas krass ausdrücke, aber in Monsieur Dufours „Bordell" würde nicht einmal eine Katze ihren Nachwuchs finden!"

„Keine Sorge, Monsieur Durand." Sagte Jean-Luc. „Ich kenne mich doch einigermaßen aus, in seinem …, nun, Ihre Bezeichnung war gar nicht so abartig! Wir werden das Kind schon schaukeln!"

Jean-Luc war ja auch der Älteste im Labor und genauso ausgefuchst wie Dufour, daher konnten sich die beiden auch, sozusagen, „nicht riechen".

Bernard machte sich stillschweigend an seine Arbeit, während Jean-Luc und ihr neuer Chef sich in Dufours Büro umschauten. Nach einer guten Stunde hatten sie einiges zurechtgelegt und Jean-Luc konnte auch seine alltäglichen Beschäftigungen wieder aufnehmen.

Die Rückkehr des vermutlich erkrankten Charles Dufour verzögerte sich; wurde mit immer neuen Begründungen verschoben. Im Versuchslaboratorium hingegen lockerte sich nach und nach die Stimmung.

Wenn Monsieur Dufour, nur Anweisungen und Befehle erteilte, so setzte man sich nun zusammen, diskutierte und plante gemeinsam und aus Monsieur Durand, wurde bald, kurz, „Alfons".

Offiziell hieß es immer noch: „Monsieur Dufour ist auf dem Wege der Besserung." Doch Gerüchte machten sich breit, dass seine Abwesenheit einen ganz andern Grund haben könnte.

Aus den Medien war bekannt geworden, dass Interpol einen internationalen Drogenring zerschlagen habe. Die französische Presse gab hierzu bekannt, dass auch zwei französische Staatsbürger, in diesem Zusammenhang festgenommen wurden. Namen oder sonstige Angaben wurden jedoch bislang nicht veröffentlicht.

Wenige Tage später wurde dann, mehr oder weniger offiziell, bekannt, dass nicht zwei, sondern drei, französische Staatsbürger, in einer Kneipe in Paris festgenommen wurden. Einer der drei Männer wurde jedoch nach vierundzwanzig Stunden, wieder auf freien Fuß gesetzt. Es handelte sich, so wie man in seinen Bekanntenkreisen vermutet hatte, um Charles Dufour.

Er hatte dort zufällig, zwei alte Freunde getroffen. Ein Zusammenhang, mit deren skurrilen Geschäften, konnte ihm nicht nachgewiesen werden.

Nur wenige Tage später wurde Alfons Durand unerwartet in die Personalabteilung zum Abteilungsleiter, Monsieur Charlier gebeten. Dort erfuhr Durand, dass er die Leitung des Versuchslaboratoriums für einen, zurzeit noch unbestimmten Zeitraum, übernehmen müsse, da Monsieur Charles Dufour, seine Amtsniederlegung, aus gesundheitlichen Gründen, eingereicht habe.

Wenn Alfons und Jean-Luc auch in den vergangenen Wochen eine freundschaftliche Beziehung zueinander aufgebaut hatten, so machte sich seit jenem Tag, nun doch eine gewisse Rivalität bemerkbar. Jean-Luc hatte nämlich, bereits seit Langem, Dufours Sessel angepeilt.

Nicht so, dass es plötzlich Streitigkeiten gegeben hätte, jedoch arbeiteten beide nun eher, jeder für seine eigene Zukunft.

17

Techniker und Informatiker hatten noch fast den ganzen Monat April an den ultimativen Einstellungen gearbeitet. Nun war es bald so weit. Nur noch eine imposante Putzkolonne besetzte die Halle.

Karin war alleine gekommen, um noch einige Dokumente zu überprüfen. Sie saß im Büro, als plötzlich jemand etwas schüchtern anklopfte.

Es war der Maurer, derjenige, der dieses mysteriöse Werk im Eingangsbereich der Halle aufgebaut hatte.

„Ich entschuldige mich, Mademoiselle Laroche, dass ich Sie störe!" Sagte er scheu, als Karin öffnete.

„Aber Sie stören doch nicht, Monsieur, kommen Sie einfach rein ...! Was kann ich für Sie tun?" Fragte Karin neugierig.

„Ich bin Maurer, Mademoiselle Laroche ...".

„Ach ja ...! Sie sind doch der Mann, der das Pflanzending da gemauert hat. Sie wollten später da etwas einpflanzen, sagten Sie zu Charly."

„Ja, das stimmt, man könnte ..., aber eigentlich habe ich das, genauer gesagt, für Sie persönlich gemacht."

„Ach so ...! Na da werde ich aber neugierig!"

„Nun ..., ich weiß nicht, ob ich Sie fragen darf ..., ob sie vielleicht ...?"Stotterte er beklemmt.

„Warum sind Sie denn so ängstlich, armer Mann? Bislang hab ich noch niemand gebissen ...!"Meinte Karin lächelnd. „Ich schätze mal, Sie möchten, dass ich Sie dorthin begleite ...? Oder?"

„Ja ..., ja, ich könnte Ihnen alles besser erklären."

„Bingo!" Jauchzte Karin, um den Ärmsten etwas aufzulockern. „Na dann, auf in den Kampf!" Fügte sie hinzu.

Als er Karin ohne Begleitung im Büro entdeckt hatte, hatte er die Gelegenheit zunutze gemacht, seine Arbeit zu vervollständigen. Er hatte schnell die restlichen Zentimeter bis zum Rand, auf die Sandfüllung, eine dicke Schicht Zement aufgetragen und peinlichst glatt gestrichen.

Nun zeigte er stolz sein vollendetes Werk.

„Oh ...! Das ist aber schön und sehr sauber gearbeitet! Und das haben Sie für mich gemacht?"

„Ja, Mademoiselle Laroche!" Antwortete er stolz.

„Aber ..., erklären Sie mir doch mal, was das ist. Da kann man doch nichts mehr drin pflanzen, wenn das ausgehärtet ist!"

„Nun ja, das wollte ich Ihnen ja auch jetzt erklären. Um ehrlich zu sein, ich hatte auch gar nicht die Absicht etwas hinein zu pflanzen."

„Och nee! Was Sie nicht sagen!"

„Ich weiß nicht recht, ob ich Sie fragen soll ..., Sie müssten Ihre Hände in den feuchten Zement abdrücken, nur würden Sie sich die Hände schmutzig machen ...".

„Oh je ...! Könnte das tödlich sein?"

„Nein, das glaube ich nun doch nicht!" Meinte er verlegen. „Ich habe ein Paar Handschuhe dabei. Wenn Sie wollen."

„Nein, auf keinen Fall! Mit „tödlich", das war ein Scherz! Handschuhe würden doch den Abdruck fälschen!

Na dann, wohin soll ich ...?"

„So ungefähr in der Mitte, nicht zu hoch, denn ganz oben wollte ich noch Ihren Namen und das Datum der Einweihungsfeier einritzen. Wenn Sie es erlauben!"

„Ich erlaube …! Und nun hinein in den Schlamassel!"

„Moment noch …! Ich feuchte Ihnen noch ganz leicht die Handflächen an, dann wird der Abdruck schöner."

„Das auch noch …! „Was hab ich nur Böses getan …? Sie lachen ja gar nicht! Das sollte aber auch ein Witz sein."

Nachdem die Operation „Hände im Zement" erfolgreich abgeschlossen war, wischte er ihr noch sanft die Hände mit einem feuchten Tuch und sagte:

„Sie sollten sich die Hände noch gründlich mit Seife waschen! Zement ist sehr schlecht für die Haut!"

„Mach ich …, versprochen! Ich kenne Ihren Namen noch gar nicht …".

„Oh …! Ich entschuldige mich vielmals, Mademoiselle Laroche, in der Aufregung habe ich ganz und gar vergessen, mich vorzustellen! Mein Name ist: Bishop …, Ralph Bishop."

„Freut mich …, Ralph!" Sie reichte ihm die Hand und fügte hinzu: „Ich bin die Karin! Den Rest kennen Sie ja. Aber …, was meinst du Ralph, sollen wir nicht besser das, Mademoiselle und Monsieur, einfach vergessen?"

„Ich weiß nicht recht, es wird mir schwerfallen und …, Sie …, du bist doch auch eine meiner Vorgesetzten!"

„Ja schon, aber vergiss das einfach. Ich mag solche Höflichkeitsdingsbums nicht besonders. Und …, du erinnerst mich zu sehr … an meinen Papa …!"Idem sie die letzten Worte etwas bedrückt aussprach, ging sie eiligen Schrittes davon und verschwand im Büro.

149

18

Am Morgen des dritten Mai herrschte wie religiöse Stille in der Halle RX 254. Abdeckplanen und unverarbeitete Materialien waren verschwunden. Die gesamte Installation, sowie Fliesen und Beläge waren spiegelblank poliert.

Noch geisterte keine Menschenseele im Gebäude herum und der RX 254 selbst, war noch nichts als eine stumme, starre, gewaltige Maschinerie.

Nur die Ziffern der digitalen Uhrzeit über dem zentralen Kommandopult leuchteten im halbdunkel der Halle. Es war sieben Uhr dreißig, als sich die Tür öffnete. Karin und Charly betraten als Erste die Halle.

Charly, den man fast nur in seinem immerwährenden Forscherdress kannte, hatte diesen, an jenem Morgen, gegen einen modernen, hellblauen Dreiteiler, weißem Hemd und Krawatte ausgetauscht und aus seinen Schnürstiefeln waren schwarze Lackschuhe geworden.

Karin trug ein farbenfrohes, schulterfreies, brasilianisches Kleid, mit breitem Fältchendekolleté. Ein schmaler, schwarzer Ledergürtel betonte ihre Taille und auf ihren feinen Stöckelschuhen schien sie größer und schlanker.

Bevor sie nun bald, diesem Koloss aus Eisen und Stahl, Leben einzuhauchen bereit waren, verweilten sie noch einige Minuten in Bewunderung vor ihrem gemeinsamen Werk.

„Ist das schön!" Sagte Karin leise.

„Ja …! Und das ist dein Werk, Karin!"

„Unser Werk …, Charly. Wenn ich auch das Hirn geschaffen habe, so hast du doch den Körper geschaffen und das Eine kann ohne das Andere nicht funktionieren."

„Na schön, was hast du dir vorgestellt? Was könnte das Material, das diese Maschine herstellt, der Menschheit bringen?"

„Ich weiß es nicht, vielleicht ganz Großes, aber auch ganz Kleines; ganz einfaches. Stell dir vor, du könntest dich ein ganzes Jahr lang mit einer und derselben Rasierklinge rasieren. Oder ein Koch; ein Metzger, der jetzt noch, vielleicht hundert mal am Tag sein Messer nachwetzen muss. Und so gibt es vieles, was sich nun ändern wird."

„Wenn es so ist, wie du es erhoffst, dann haben wir etwas Gutes geschaffen."

„Hoffen wir nur, dass unser System, auch in Zukunft, in unserem Sinne weiterentwickelt werden kann."

„Zeigen wir ihnen schon mal, dass und wie es funktioniert." Meinte Charly. „Ich geh dann mal den „Saft" aufdrehen. Kommst du mit?"

„Och nee …! Wenns dir nichts ausmacht?"

„Kein Problem! Treppen laufen mit deinen neuen „Stelzen", ist wohl nicht so dein Ding?

Als Charly sich entfernt hatte, näherte sich Karin langsam ihrem Ehrenmal und legte die Hände nochmals in ihre Abdrücke. Eine Weile verharrte sie, den Blick gegen Himmel gerichtet, so als verrichte sie ein stilles Gebet. Einpaar Tränen kullerten über ihre Wangen und sie flüsterte vor sich hin:

„Mein Name ist, Karin Laroche …, doch bin ich wirklich noch, Karin Laroche?"

Im gleichen Augenblick schaltete Charly im Untergeschoss den Strom ein.

Hundert, vielleicht sogar mehr, Lampen, Spots und Leuchtröhren ließen plötzlich die majestätische Installation in vollem Glanz erscheinen.

Ein Spot Licht, eigens auf Karins Ehrenmal gerichtet, strahlte nun auch schlagartig, ihr Gesicht und Schultern an. Ihre Tränen hatten eine glitzernde Spur, auf den Wangen und beiderseits, ihrer in dezenten rosa gezeichneten Lippen, hinterlassen und unter ihrem Kinn einen Tropfen gebildet. Ein zitternder, im intensiven Lichtstrahl, glitzernder Tropfen, welcher sich im folgenden Augenblick löste und inmitten ihres Dekolletés verschwand.

Kurz darauf kam Charly wieder die Treppe hoch und unterbrach Karin in ihrer Meditation.

„Ha! Ha …! Das ist ja alles viel heller geworden!" Rief er noch freudig. Erst als er näher trat, bemerkte er Karins angeschlagenen Gesichtsausdruck. „Hallo …! Was ist dir den passiert? Du weinst ja!"

„Es ist nichts Schlimmes, Charly …, es wird schon wieder. Nur eine kurze Abschweifung …, vielleicht …, ein wenig Heimweh. Ich dachte an meine Eltern. Ich dachte, wenn sie mich doch sehen könnten."

„Sie werden dich sehen! Wenn auch nicht heute, aber ich werde, dir die komplette Reportage besorgen. In einer Stunde wird es hier nur so wimmeln von Fotografen und Kameraleuten. Denen wird nichts entgehen, da kannst du dich drauf verlassen."

„Danke, Charly!"

„Was mir jetzt Sorgen macht ist: Wirst du das schaffen? Ich meine den ganzen Trubel! Und deine Rede meinst du, dass du das hinkriegst?"

„Keine Sorge, Charly, ich mach das schon …! Ich geh mal schnell mein Make-up in Ordnung bringen. Die ersten Gäste werden bestimmt bald eintrödeln."

Zur Feier des Tages hatte man den geräumigen Konferenzsaal in einen festlich geschmückten Empfangsraum umgestaltet. Einige Damen und Herren standen, oder saßen bereits mit einem Begrüßungsdrink in der Hand im Raum verteilt. Der eine oder andere schlenderte umher von einem zum andern. Man erblickte alte Bekannte begrüßte sich gegenseitig und diskutierte über dies und jenes.

Im Zentrum, auf einem langen Tisch standen jede Menge Appetithäppchen zur Auslese und mehrere Aufwärter sorgten für Getränkenachschub.

Soeben setzte draußen am Heliport, die Maschine einer Abordnung der General Direktion auf. Zur gleichen Zeit überflog auch Nick das Gelände in Aussicht auf baldige Landeerlaubnis, denn die hohen Herren mussten erst mal gemütlich in eine Limousine umsteigen und ihre Flugmaschine vom Landeplatz verschoben werden.

Aus der Vogelperspektive beobachtet, hatte Nick vermutlich das Bedürfnis, mit einem oder dem andern seiner beliebten Sprüche, wie von „Flugsaurier …“, oder dergleichen, Stellung zu nehmen, doch bei diesem Flug musste er seine Fantasie etwas zügeln. Er hatte zwei Passagiere aus Paris an Bord, die am Flughafen Manaus eingestiegen waren. Hätte er es gewusst, hätte er, ohne etwas zu vermasseln, ein Gespräch über tropische Pflanzen anbahnen können. Es waren nämlich, Monsieur und Madame Dumont, die hinter ihm saßen …!“

Bereits während der „langweiligen“ Begrüßungsrunde, die er und Madame, standesgerecht absolvierten, ließ Monsieur Dumont immer wieder seine Blicke im Saal herumschweifen. Letztendlich fragte er einen Kellner:

„Wo ist denn unsere Karin …, ich meine, Mademoiselle Laroche? Ich kann sie nirgendwo sehen!“

„Soviel ich weiß, Monsieur, ist sie mit Monsieur Thompson in der Halle.“ Sagte ihm der Kellner.

„Dann werden wir nun wohl warten müssen, bis sich die ganze Gesellschaft dorthin begibt …! Ich hatte mich so gefreut!“ Meinte er sichtbar enttäuscht. „Siehst du, Gabrielle, währen wir doch, so wie ich es geplant hatte, gestern schon angereist ...! Du kannst und kannst es nicht lassen, mir immer dazwischen zu reden!"

„Mein Gott, Lucien ...! Ist das denn so schlimm?"

„Ja, Gabrielle, das ist es ...! Ich hatte mich so gefreut!"

In der Werkshalle war inzwischen alles bereit für den Empfang der Ehrengäste. Die zehn Mann Crew, unter der Leitung der beiden zentralen Persönlichkeiten, Karin und Charly, hatten während der zwei letzten Stunden, ganze Arbeit geleistet.

„Na dann könnten wir vielleicht die Meute mal rein lassen?" Meinte Charly, indem er zum Telefon griff.

Zwei charmante Betreuerinnen bezogen ihre Stellung am Eingang und man wartete ... und wartete. Es verging noch eine Gute, viertel Stunde, bevor man endlich, von draußen Stimmen vernahm. Dann öffneten die Hostessen die Pforten.

Als Erste, so wie es sich geziemte, marschierten, hochgehobenen Hauptes, die vier Vertreter der General Direktion ein und wurden ehrenhaft, von einer charmanten Dame, zu ihren Plätzen begleitet.

Nachdem endlich alle Gäste ihre Plätze eingenommen hatten und mit Spannung den weiteren Verlauf der Zeremonien erwarteten, erteilte Charly noch letzte Anweisungen an die Techniker. Auch in den Reihen der Gäste ließ man die staunenden Blicke umherschweifen und tuschelte noch diskret mit dem Nebenmann.

Monsieur Dumont schien besonders aufgeregt. Obwohl Karin nur einige Meter von ihm entfernt mit Charly und der Crew diskutierte, erkannte er sie einfach nicht, denn in seinem Gedächtnis war ein ganz anderes Bild von ihr gespeichert.

Erst als Charly sie wenige Minuten dem Publikum vorstellte und sie selbst eine kurze Rede hielt, sagte er leise zu seiner Gemahlin Gabrielle:

„Es ist sie doch. Ich erinnere mich noch genau, an ihre Stimme und an ihre Art zu sprechen."

„Wenn du es sagst, ich weiß es nicht, ich habe sie ja nie gesehen!"Meinte Gabrielle.

Nachdem Karin ihre Ansprache beendet hatte, ergriff Charly das Wort. In einem etwas ausführlicheren Vortrag erklärte er nun noch global, die Funktionen und die erhofften Resultate. Er beendete seine Erläuterungen mit den Worten:

„So, meine Damen und Herren, wenn wir unseren Zeitplan einigermaßen berücksichtigen möchten, dann sollten wir nun zum Höhepunkt dieser Stunde übergehen. Mademoiselle Laroche wird in wenigen Minuten, einzig von diesem zentralen Kommandopult, zum allerersten Mal, die gesamte Maschinerie in Betrieb setzen."

Darauf legte er elegant seinen Arm um Karins Taille und begleitete sie zu ihrem Ehrenplatz.

Nachdem sie einige Schalter und Tasten bedient hatte, leuchteten, rote, grüne, gelbe und blaue Kontrolllampen auf und auf vier große Displays erschienen Grafiken und Informationen.

Charly wandte sich erneut an die Gäste.

„Meine Damen und Herren, in wenigen Minuten, sobald alle Rechner hochgefahren sind, können wir starten!"

Charly stand neben Karin am Pult und als er sich ihr wieder zuwandte, bemerkte er, dass ihre Hände zitterten.

„Ganz ruhig, Karin, ganz ruhig. Das wird schon ...". Flüsterte er ihr leise zu.

„Charly ..., alle Rechner sind da, es ist so weit!"

Fast gleichzeitig erschien auch auf einem der Displays die Meldung: „START AUTHORISED".

„Komm, Charly ..., ich möchte, dass wir gemeinsam den Knopf drücken!"

Karin setzte den Zeigefinger auf die Taste und Charly legte seine Hand auf die Ihrige. Ein leichter Druck und die Kontrollleuchten wechselten ihre Farbe. Aus allen Winkeln der Halle vermischten sich die verschiedensten Geräusche der Pumpen, Ventilatoren und sonstigen Apparaturen. Kurben und Tabellen auf den Displays zeigten optimale Werte an. Alles schien im grünen Bereich.

Karin schnellte aus ihrem Sessel hoch und umarmte Charly unter dem Beifallssturm der Besucher.

Nach diesem kurzen, warmherzigen und gleichzeitig freudigen Umschlingen, hieß es die persönlichen Glückwünsche entgegen zu nehmen.

Plötzlich erkannte Karin, Monsieur Dumont im Gedränge und sogleich, bahnte sie sich einen Weg zu ihm hinüber. Hier und da griff sie doch, im Vorbeirauschen, nach einer ausgestreckten Hand.

„Entschuldigung ..., Entschuldigung, ich bin gleich wieder da!" Rief sie höflich. Und dann: „Oh! Monsieur Dumont ...! Da sind Sie ja!"

Noch bevor er ein Wort sagen konnte, umarmte sie herzhaft, den völlig überraschten und verwirrten Monsieur Dumont.

„Oh ...!Oh ...! Mademoiselle Laroche! Ich ..., ich ... hatte Sie gar nicht wiedererkannt! Sie sind aber stürmisch geworden! So kenne ich Sie ja gar nicht! Aber ..., darf ich Ihnen zunächst einmal meine Gattin vorstellen ...?"

„Oh! Sehr erfreut Sie kennenzulernen, Madame Dumont! Entschuldigen Sie mein unhöfliches Auftreten!"

„Ach das ist doch ganz normal. Mein Mann war so begeistert und erfreut Sie wiederzusehen! Ich selbst bin erfreut, Sie endlich auch mal persönlich kennenzulernen. Ich hoffe, dass die Zeit es erlaubt, uns noch etwas eingehender zu unterhalten."

„Selbstverständlich, Madam Dumont! Entschuldigen Sie mich, aber ich muss mich leider noch mal ins Getümmel stürzen."

Am Spätnachmittag, traf man sich noch mit einpaar Nachzüglern.

Max hatte in der Zwischenzeit seine Dienstschicht auch beendet und hatte sich der kleinen Gesellschaft angeschlossen. Für Karin bot sich die Gelegenheit, auch Monsieur und Madame Dumont, mit ihrem Freund und Retter bekannt zu machen.

Monsieur Dumont fand den jungen Mann sympathisch und versprach, nach der beiden Rückkehr in Frankreich, ihm einen angemessenen Arbeitsplatz zu besorgen. Für Karin hatte er bereits eine Überraschung geplant, wie er vermuten ließ, doch um was es sich handelte, wollte er nicht verraten.

Charly, das Ehepaar Dumont und die beiden jung verliebten waren die Letzten, die den Versammlungssaal verließen. Es war längst spät geworden, denn Karin musste noch ausführlich über ihr Abenteuer berichten, doch von dem, was ihre Begegnung mit Max betraf, entsprach allerdings einiges nicht so ganz der Wirklichkeit.

Das Gespräch wäre vielleicht etwas früher zum Abschluss gekommen, hätte Karin das Thema, „Urwaldvegetation", nicht angesprochen. Damit hatte sie, man hätte es ahnen können, bei Monsieur Dumont, „den Nagel auf den Kopf getroffen".

Glücklicherweise hatten die Dumont ihren Rückflug erst für den darauffolgenden Tag gebucht. Und so blieb ihnen noch die Zeit, Karin und Max Wohnung zu besichtigen. Damit hatte Dumont, zusätzlich die Gewissheit, dass alles so war, wie er es Karin, vor ihrer Abreise versprochen hatte.

19

Eine Woche war vergangen, seit der Inbetriebnahme der neuen Installation. Die Mechanik lief reibungslos, nur in der Electronic mussten immer noch mindere Abstimmungen und Korrekturen vorgenommen werden, denn die Analysen und Prüfungen ergaben noch nicht die optimalen Resultate.

Eine weitere Woche später war es dann doch endlich so weit, dass Muster des neuen, revolutionären Materials an alle potenzielle Kunden verschickt werden konnten.

Somit neigte sich auch Karins Aufenthalt in Brasilien dem Ende zu. Die zuständigen Administratoren der Intermetal hatten ihre verloren gegangenen Ausweisdokumente, ohne größere Schwierigkeiten, erneuern lassen und so stand eigentlich, ihrer Heimreise nichts mehr im Wege.

Für Max stand allerdings noch nicht fest, ob er mit Karin abreisen könnte, denn die Sache verlief nicht so, wie die beiden es geplant hatten. Bislang war nämlich die Suche nach Existenzbeweisen eines gewissen Max Duprais, erfolglos geblieben.

Als die beiden so eines Abends, in der Intimität ihrer gemütlichen Wohnung, das Problem erneut in Angriff nahmen, beschloss Max seinen Freund Rico anzurufen, in der Hoffnung, dass dieser vielleicht eine Lösung finden könnte. Max wusste nämlich, dass Rico und auch Pedro mit irgendwelchen düsteren Komparsen in Verbindung standen. Allerdings würde ihm diese

Methode eine gewisse Stange Geld kosten. Doch wenn es keine andere Möglichkeit mehr gäbe, aus diesem Land zu verschwinden, dann würde er sein ganzes Hab und Gut dafür einsetzen. Er meinte, wenn er es bis nach Frankreich schaffen würde, könnte er dort, zumindest offiziell, seine wirkliche Identität wieder annehmen.

Karin bevorzugte jedenfalls den Rufnamen Max. „Ist ja auch egal." Meinte sie. Man müsste ja nicht jedem den Personalausweis unter die Nase legen.

Nach einigem hin und hehr waren sie sich einig. Man könnte es wenigstens versuchen. Obwohl Max seinen Freunden volles Vertrauen schenkte, zeigte Karin Angstgefühle, denn von solch hirnverbrannten Verfahren hatte sie keine Ahnung.

Gesagt getan, Rico wurde kurzerhand benachrichtigt und prompt, nur einige Tage später kam der Rückruf. Rico, Pedro und …, hatten alles in die Wege geleitet. Allerdings würde es mindestens zwei bis drei Wochen dauern, bevor alle Dokumente verfügbar wären und der Preis war auch nicht ganz ohne!

„Wir sollten trotzdem zuschlagen! Es ist wahrscheinlich unsere einzige Chance!" Meinte Karin.

„Schön und gut, nur muss ich Rico mal fragen, ob ich überhaupt noch so viel Bimbes zur Verfügung habe!"

„Mach dir mal keinen Kopf für deine „Bimbes"! Wenns nicht reicht, ich hab ja auch noch von dem Zeug!"

„Gleich wie wir es deichseln, wir werden wohl nicht gleichzeitig abreisen können. Dein Flug ist bereits für nächste Woche gebucht und bis dahin werde ich voraussichtlich nicht bereit sein."

„Das währe schade! Aber wir fragen Charly mal, ob man meinen Flug nicht auf später umbuchen kann."

Am darauffolgenden Abend, Karin und Max saßen gemütlich vor der Glotze, als es klingelte. Als Max öffnete, stand ganz unerwartet Charly vor der Tür.

„Darf ich rein kommen?" Fragte er ganz entspannt.
„Klar Charly! Komm rein! Das ist aber eine Überraschung!"
„Hab ich mir schon gedacht!" Sagte er lächelnd. „Na ihr beiden Turteltäubchen! Ich wollte nur mal vorbeischauen, wie es euch so geht."

Karin kam Charlys überraschender Besuch irgendwie seltsam vor. Hatte sie doch den ganzen Tag noch mit ihm im Büro verbracht. Eine Weile sprach man über dies und jenes, bis Charly achtsam das Thema wechselte.

„Eigentlich schade, dass ihr beide nicht gemeinsam heimfliegen könnt."
„In der Tat! Aber was kann man da schon machen? Ich war jahrzehntelang nicht mehr drüben und bin hier dann, von hier nach dort und von dort nach anderswo gezogen. Da hab ich wohl irgendwann etwas mit dem Papierkram verbockt." Versuchte Max sich zu rechtfertigen.
„Na ja …", meinte Charly gelassen. „Jeder macht schon mal im Leben einen kleinen oder auch größeren Fehler. Und eines Tages sieht man dann ein, was so alles schief gelaufen ist. Vielleicht begegnet man auch irgendwann einen Menschen, der einem hilft, wieder auf die richtige Spur zurückzufinden."

Einen Augenblick war es mäuschenstill im Raum geworden.
„Meint ihr nicht auch?" Fügte Charly hinzu.
„Nun ja …, du könntest recht haben, Charly." Antwortete Max in einem etwas verlegenen Ton.

Karin sagte kein Wort, nur ihre sichtbar angsterfüllten Blicke wanderten von einem zum andern der beiden Männer.

„Na schön …!"Sagte Chaly dann mit ernster Stimme. „Ich sehe, dass ihr so langsam den Grund meines unangemeldeten Besuches begreift. Doch bevor wir zur eigentlichen Sache kommen, empfehle ich euch dringend, dass das was hier besprochen wird, darf auf keinen Fall diesem Raum entwischen!

Sind wir uns einig?"

„Selbstverständlich, Charly!" Beteuerte Karin.

„Also …, als man nirgendwo, auch nicht die geringste Spur von einem gewissen Max Duprais finden konnte, dachte ich mir, da muss doch irgendwas schiefgelaufen sein. Daraufhin habe ich noch mal die gesamten Berichte der Polizei unter die Lupe genommen.

Dabei kam mir der Gedanke, dass eure Geschichte, die ihr uns erzählt habt, vielleicht nicht so ganz der Wirklichkeit entsprechen könnte.

Sag mal, Max …, wie wäre es denn, wenn du …, wie eben gesagt, ganz unter uns …, unter dem Namen Karl Klein, nach Frankreich fliegen würdest? Das wäre doch viel einfacher! Oder nicht?"

Als Charly seine zweideutige Rede unterbrach, war es plötzlich wieder totenstill im Raum und zwei rot angelaufene Visagen starrten scheinbar ins Nichts.

„Hallo …!"Rief Charly. „Seit ihr noch da, ihr Halunken!"

„Ja …, ja, Charly!" Kam es behutsam, wie aus einem Munde.

Charly schlug sich, laut lachend, mit der flachen Hand aufs Knie und rief:

„Bingo …!! Ich hab's gewusst! Mann, Mann …, hab ich einen Riecher!"

Darauf wurde Charly wieder ernsthaft und sagte:

„Nun …, alles in allem, ehrlich gesagt, ich hätte vielleicht auf ähnliche Weise versucht, meinen wertesten zu retten." Gab er ehrfürchtig zu.

Macht euch mal keine Sorgen, es wird alles gut. Nur …, es tut mir leid, aber, ihr werdet wohl die Reise nicht zusammen antreten können. Karin, ich kann deinen Flug leider nicht umbuchen lassen, aus verschiedenen Gründen. Nur reine Vorsichtsmaßnahmen. Max, deine Papiere sind zwar unterwegs, nur weiß ich nicht, wann diese bei mir ankommen werden. Jedenfalls ist die Sendung, per Einschreiben, an mein Büro adressiert. Auch eine Vorsichtsmaßnahme, denn das darf keinesfalls in die Finger der Bürokraten da oben geraten."

„Vielen, vielen Dank, Charly!! Eben dachte ich noch, alles sei zu Ende! Aber …, wieso tust du das alles für uns?" Fragte Karin.

„Nun …, wie ich schon sagte: Jeder hat schon mal Fehler gemacht, außerdem finde ich, dass ihr so ein perfektes Pärchen seid, da kann man gar nicht anders!"

„Nochmals …, vielen Dank, Charly, dass werden wir wohl nie vergessen!" Fügte Max hinzu.

„Aber nun erzählt mir doch mal die wahre Geschichte. Wie und wann habt ihr euch denn so ineinander verknallt? Ihr habt euch doch nicht zufällig in einem Indiodorf getroffen. Max, wann hast du dich eigentlich entschieden, deinen Auftrag abzubrechen? Das war doch bestimmt eine schwierige und auch nicht ganz ungefährliche Entscheidung?"

„Schwierig würde ich nicht sagen, gefährlich, schon, auf jeden Fall, riskant!

Wir waren zwei oder drei Tage unterwegs, als ich bemerkte, das sie auch versuchte sich anzunähern. Ich glaube, dass es zu dem Zeitpunkt war, an dem ich mich endgültig entschieden habe.

Aber eine ganz bestimmte Zuneigung zu ihr bestand bereits. Der berühmte „Funke", war schon übergesprungen am ersten Tag. Es war, kurz bevor das Unheil uns erwischte. Ein kleiner Baum versperrte uns den Weg. Ich war ausgestiegen, um die Piste mit meiner Machete freizuschlagen. Es regnete in Strömen. Auf einmal stand sie neben mir. Es war ihr zu heiß geworden, sie hatte sich umgezogen und dabei eine zweite Machete im Wagen entdeckt. Nun stand sie da und schlug wie wild mit ihrem Buschmesser in den Ästen herum. Ihr dünnes Kleidchen, das sie übergezogen hatte, war in wenigen Sekunden durchnässt und klebte ihr auf der Haut! Charly ...!! Ich sag dir ..., nur ein kleines, rotes Höschen schimmerte hindurch!"

„Maaax!!! Muss das sein!!!" Schrie Karin entsetzt.

„Charly ..., das war kein harmloser Funke ...! Ich war vom Blitz getroffen!"

Nach einem kurzen, schallenden Gelächter, sagte Charly:

„Max ..., ich glaube dir gerne, das muss schon heftig gewesen sein. Aber Karin ..., mach dir nichts draus, dieser geniale Auftritt hat dir, einerseits sogar das Leben gerettet und zusätzlich einen charmanten und liebenswürdigen Mann beschert. Mehr kann doch wohl nicht mit einem Schlag ergattern."

„Könnten wir vielleicht das Thema wechseln?"Fragte Karin, indem sie sich merkbar beschämt abwendete.

„Aber Karin, das ist doch kein Problem, das ist doch nichts Schlimmes! Wie war das denn deinerseits?"

„Ich sag nix! Er hat ja schon alles „Interessante" ..., erzählt!"

Nach einer Weile lockerte sich die Atmosphäre dann wieder und Karin konnte sich einen bedrängten Lacher, über sich selbst, nicht mehr verkneifen und sagte zu Charly:

„Na, Charly ..., da wärst du wahrscheinlich auch noch gerne dabei gewesen ..., oder?"

„Klar ...! Ich bin doch kein Spielverderber!"

Man plauderte, lachte und trank noch einige Gläschen, bis ziemlich spät in die Nacht hinein.

„Macht's gut …, ihr Flegel, aber nicht zu oft!" Stammelte Charly, als er etwas unsicheren Schrittes zur Tür hinaus schlenderte.

20

Für Karin und Max begann nun bald ein neuer Lebensabschnitt. Zwar hatte man sich inzwischen bereits an einen etwas höheren Standard gewöhnt, doch vorerst würde sie ihre schlichte Wohnung abseits der Großstadt wieder beziehen. Erst wenn auch Max es geschafft hätte, würden sie gemeinsam weiterplanen.

In Paris wurde sie sehsüchtig erwartet und auch ihre alte Freundin und Vermieterin, Madame Doche, freute sich auf Karins baldige Rückkehr.

Die ganzen Geschehnisse der letzten Monate hatten Karin zu einer starken, selbstbewussten Frau gemacht. Ruhig und gelassen packte sie ihre Koffer, auch von Flugangst konnte nicht mehr die Rede sein. Dazu hatte Nick beigetragen. Sie würde es sogar vermissen, dann und wann mit ihm eine lustige Runde über den Wäldern zu drehen. Wenn Nick ihr die Lust am Fliegen angedeihen ließ, so hatte Max ihr das Schwimmen gelernt und ihr auch die Freude daran vererbt.

Äußerlich und innerlich war sie eine ganz andere geworden.

„Es ist doch Sommer drüben!" Dachte sie und legte sich ein Outfit für die Reise zurecht, womit sie sich zuvor, nicht einmal bis vor die Haustür gewagt hätte. Auch ein Besuch im Friseursalon stand noch an.

Als Max am Spätnachmittag nach Hause kam, hatte Karin ihre Vorbereitungen abgeschlossen.

„Alles klar?" Fragte er nach einer herzlichen Begrüßung.

„Jow …!"Machte sie lächelnd. „Morgen noch zum Friseur, dann bin ich so weit.

Hoffentlich kommst du bald nach. Es ist doch ärgerlich, dass wir nicht zusammen reisen können! Hat Charly noch nichts gesagt?"

„Nee …, scheinbar ist noch nichts da. Aber man kann ihm vertrauen. Wenn er sagt, dass er was macht, dann macht er das auch. Übrigens, die Sache mit Rico hab ich geklärt. Das Ding ist abgeblasen und er überweist meine Kröten hier auf unser Konto."

„Gut, dann ist das ja schon mal geregelt.

Sag mal, Schatz, was meinst du? Meine Haare sind ja schon ziemlich nachgewachsen. Ich dachte, wenn ich mir einpaar, helle Strähnchen drin machen ließe? Würdest du das gut finden?"

„Ja …! Warum auch nicht?"

Karin hatte sich bereits am Vortage von allen Bekannten verabschiedet, denn am Tag der Abreise musste man früh aus den Federn. Als man am Heliport eintraf, hatte Nick die Maschine bereits startklar gemacht. Auch Charly war schon anwesend um sich von Karin zu verabschieden.

Am Flughafen ging alles zügig vonstatten und plangemäß, um acht Uhr dreißig, hob die Maschine in Richtung Europa ab. Max und Nick standen noch stillschweigend neben dem Helikopter, bis das Flugzeug aus ihren Blicken verschwand. Die im allgemeinen so gesprächigen Helden verhielten sich äußerst kleinlaut während des Rückfluges, denn die Worte blieben ihnen sozusagen im Halse stecken.

Die beiden waren wohl kaum die Einzigen in ähnlicher Verfassung, denn die beliebte und geliebte Karin war nun nicht mehr da.

Als Max die Wohnung betrat, empfand er die sonst so gesellige Bleibe wie verödet. Er ließ sich kraftlos auf die Couch nieder und starrte in Gedanken versunken die Wände an.

So verging die Zeit. Er hatte keine Ahnung, wie lange er schon so vor sich hingedöst hatte, als es klingelte. Schwerfällig erhob er sich und öffnete. Es war Charly.

„Na, wie geht's alter Sportsfreund?" Fragte Charly.

„Scheiße!" Erwiderte Max kurz, indem er zum Sofa zurückschlenderte.

„Och ..., weist du Max, mir geht's genau so. Gestern Nachmittag, war sie noch einpaar Stunden im Büro. Wir haben noch einwenig in älteren Plänen herumgesucht. Sie ließ es sich nicht anmerken, aber, ich hatte trotzdem den Eindruck, dass sie nicht ganz bei der Sache war."

„Du könntest recht haben. Sie hat so eine Art, man weiß nicht immer, was in ihrem Kopf vor sich geht."

„Wie währ's, wenn wir bis drüben in die Kneipe ...? Ich meine, vielleicht kommen wir mal auf andere Gedanken. Nick wollte auch nachher noch vorbeischauen."

„Wenn du meinst, mir soll's recht sein, wenn's nicht zu spät wird. Sie wollte nämlich anrufen, sobald sie angekommen sei."

„Ach je! Dann haben wir noch einige Stunden vor uns."

21

Es war kurz vor Mittag, als Dumont die Tür zum Büro seiner Sekretärin öffnete. In der halb offenen Tür blieb er stehen und fragte:

„Sie haben Eduard doch daran erinnert, dass er Karin …, ich meine Mademoiselle Laroche, vom Flughafen abholt?"

„Jaa …, Monsieur Dumont! Hab ich! Es ist schon das dritte Mal, dass Sie mich das fragen, seit heute Morgen!"

„Nur, dass er es nicht vergisst!"

„Ja, ja, keine Sorge, Monsieur Dumont, er vergisst es schon nicht!"

„Um wie viel Uhr sagten Sie noch …, kommt die Maschine an?"

„Um siebzehn Uhr dreißig, Monsieur Dumont!"

„Oh je, oh je! Sagen Sie ihm, er soll aber mindestens eine Stunde früher losfahren! Man kann nie wissen!"

„Ich werde es ihm ausrichten, Monsieur Dumont!"

Darauf ging er zurück in sein Büro. Madame Dubois hörte noch, wie er zu sich selbst sagte: „Mein Gott noch mal, man muss aber auch an alles denken."

Nur wenige Minuten später erschien er wieder. Er hatte seine Weste angezogen und machte den Anschein auszugehen.

„Ich geh dann mal. Wenn was sein sollte, Sie wissen ja, wo Sie mich jederzeit erreichen können."

„Ich nehme an, dass Sie bei Anton zu Mittag essen."

„So ist es. Aber ich werde mich beeilen, damit ich frühzeitig wieder da bin." Dann verschwand er mit den Worten: „Sie könnte ja mal früher ankommen!"

Kurz darauf rief Madame Dubois den Chauffeur an.

„Eduard …, hier Cathrin! Mach dich auf was gefasst Eduard! Heute dreht der Alte noch mal völlig durch!

Nur, dass du Bescheid weißt. Er meinte sogar, er könnte ja mitfahren, wenn du es möchtest. Ich hab ihm gesagt, dass das keine gute Idee sei und du möchtest sowieso nicht.

Er wäre imstande dich doch noch in letzter Minute darauf anzusprechen. Nix da! Der treibt einen ja in den Wahnsinn heute Morgen!"

Es war geplant, dass Karin nach ihrer Ankunft, nur kurz bei der Intermetal vorbeischauen würde, um Monsieur Dumont und ihre alten Freunde zu begrüßen. Danach würde Monsieur Louvet, kurz, Eduard, sie gleich zu ihrer Wohnung nach Lagny chauffieren.

Über die Sache mit Dufour und dem neuen Chef hatte man sie bereits in Brasilin informiert. Alfons Durand kannte Karin noch nicht und auch sie hatte diesen Namen noch nie gehört. Jean-Luc und Bernard hingegen fieberten der Rückkehr ihrer Kollegin bereits seit Tagen entgegen, ebenso wie ihre Freundinnen an der Rezeption.

Als die Maschine, wie vorgesehen, um siebzehn Uhr dreißig landete, patrouillierte Eduard bereits seit einer viertel Stunde in der Ankunftshalle. Selbst er war etwas angespannt. Er hatte auch noch die aufgeregte, zitternde, irgendwie altmodische Karin vor Augen. Würde sie mit dem Auschecken zurechtkommen? Würde sie überhaupt ihr Gepäck wiederfinden?

169

Er suchte vergebens in der, hin und hehr laufende Menge, nach einer Statur, die seinen Vorstellungen irgendwie entsprechen könnte.

Plötzlich hörte er eine Stimme. Jemand rief seinen Namen:

„Hallo …! Monsieur Louvet!"

Dann sah er eine junge Dame, die aus der Menschenmenge auftauchte. Eine junge Dame, von der Sonne gebräunt, in einem auffallend luftigen, bunten Kleidchen. Sie hatte schulterlanges Haar und trug eine Sonnenbrille. „Wer ist das denn?" Schoss es Louvet durch den Kopf.

Außerdem schob sie munter, einen mit Koffern und Taschen vollbepackten Gepäckwagen vor sich hehr. Lächelnd kam sie schnurstracks auf ihn zu.

„Hallo, Monsieur Louvet! Hier bin ich!" Rief sie erneut.

Es war nur ihre Stimme, die ihm bekannt vorkam. Erst als sie ihre Sonnenbrille abnahm, erkannte er doch ihre Gesichtszüge. Er war sprachlos, als sie ihn auch noch umarmte. Es verging noch eine Weile, bevor er wieder klar denken konnte.

Das kann doch nicht möglich sein, dachte er, dass ein Mensch sich in nur einigen Monaten derart verändern kann.

„Bin ich froh wieder zu Hause zu sein!" Sagte Karin.

„Entschuldigen Sie mich, Mademoiselle Laroche, aber ich hatte sie wirklich nicht wiedererkannt!" Sagte endlich Louvet.

„Monsieur Louvet …, bitte, ich bin nicht mehr Mademoiselle Laroche. Ich bin für alle nun einfach, Karin geworden. Daran müssten Sie sich auch gewöhnen."

„Nun, wenn das so sein muss, dann bin ich auch ab sofort, einfach, Eduard! Einverstanden?"

„Alles klar …, Eduard!" Lachte Karin. „Dann könnten wir vielleicht …?"

Während Eduard den Wagen vom Parkplatz herbeiholte, schob Karin ihr Gepäck nach draußen.

Schon während der Fahrt musste Karin ihr Abenteuer erzählen. Die Zeit reichte nicht, um alle Einzelheiten zu erwähnen, dennoch war Eduard stolz, der Erste zu sein, der das Wichtigste, aus ihrem Munde erfahren durfte.

Die elanvollen Begrüßungen begannen schon in der Empfangshalle und dauerten eine Weile. Dort war es ihre Metamorphose und, man hätte es ahnen können, ihr Outfit, das Anklang und Bewunderung aufwirbelte.

Dann ging es nach oben, ganz nach oben! Wo ein Gewisser, Monsieur Dumont, seit einer halben Stunde, aufgewühlt in beiden Büros herumlief.

„Mein Gott noch mal, wo bleiben die denn? Es wird doch wohl nichts passiert sein?" Lief er von einem Büro ins andere. „Die müssten doch längst hier sein!"

„Monsieur Dumont …, beruhigen Sie sich doch mal! Es ist nichts passiert! Sie wollen uns doch kein Infarkt hinzaubern!"

„Natürlich nicht!" Erwiderte er schroff.

„Na dann beruhigen Sie sich doch endlich!"

Im gleichen Augenblick klopfte es an der Tür.

„Nun machen Sie doch endlich auf, Cathrin!"

„Ach so …, ich dachte, Sie wollten persönlich aufmachen!"

„Was soll's, bevor Sie mal so weit sind!" Mummelte er noch, dann öffnete er behutsam, so als wäre er die Ruhe selbst.

„Da seid ihr ja endlich! Willkommen zu Hause!"

„Hallo, Monsieur Dumont!"

„Herein spaziert, herein spaziert …! Na wunderbar!" Rief er begeistert.

Inzwischen hatte sich auch Cathrin von ihrem Platz erhoben und war herangetreten. Auch sie glaubte kaum ihren Augen. Dennoch verhielt sie sich etwas bescheidener.

„Ist sie nicht entzückend?" Schwärmte Dumont. „Hatte ich es Ihnen nicht gesagt, Cathrin? Aus unserer schlichten und schüchternen Karin ist eine freimütige junge Dame geworden! Na wunderbar!"

Nun kamen auch endlich die beiden Frauen dazu, sich zu begrüßen. Jedoch nur kurz, denn sogleich zerrte Dumont, Karin in seine Pflanzenwelt. Sie musste unbedingt noch, einpaar neue Errungenschaften begutachten, denn seit seinem Besuch in Brasilien und dem nächtlichen Philosophieren über Tropenpflanzen, hatte er Karin, außer allem andern, nun auch noch zur Expertin in dieser Materie ernannt.

Der Zwischenstopp in Paris hatte einiges mehr an Zeit in Anspruch genommen als vorgesehen. Karin hatte noch die Gelegenheit genutzt Max anzurufen und so war es fast zwanzig Uhr geworden, als Eduard und Karin in Lagny ankamen. Kaum waren sie in die kleine Nebenstraße eingebogen, als beide, bereits von Weitem, Madame Doche erkannten. Vielleicht war es aus Langeweile, dass sie noch zu dieser Stunde, damit beschäftigt war, den Bürgersteig zu fegen.
Gleich wie es bereits jedem ergangen war, der Karin gekannt hatte, schien auch Madame Doche aus allen Wolken zu fallen, als sie aus dem Wagen stieg.

„Mein Gott, Kindchen, hast du dich verändert!!" Rief sie erstaunt, indem sie die Hände zusammenschlug.
„Ich bin wieder da!!" Rief Karin zurück. Dann fielen sich beide in die Arme und es flossen einpaar Freudentränchen.

Dann kam Eduard hinzu.

172

„Na, Madame Doche, wie geht es Ihnen? Auch schon eine Weile, dass wir uns nicht gesehen haben!"

„Sie Monsieur Louvet, Sie haben sich aber gar nicht verändert." Meinte sie.

„Ach, wissen Sie, in unserem Alter, da lohnt es sich nicht mehr, noch vieles zu ändern"

„Sagen Sie das nicht …, sagen Sie das nicht! Aber Sie, Sie benötigen das auch gar nicht, sie sind immer noch ein sehr eleganter und …, wenn ich mir erlauben darf, zu sagen …, ein sehr attraktiver Herr."

„Ha …!"Lachte Eduard verlegen.

„Sag ich aber auch!" Fügte Karin noch hinzu.

Darauf wurde dann das Gepäck ausgeladen und mit vereinten Kräften ins Haus getragen.

Madame Doche hatte vorgesorgt und so legte man eine, sozusagen, verlängerte, kurze Verschnaufpause, bei Kaffee und Kuchen ein.

Während man redete und redete, beobachtete Karin schmunzelnd die beiden, denn Madame Doche und Monsieur Louvet, hatten sich nach und nach, in Maria und Eduard verwandelt. Da raschelt, doch was im Busch – dachte, Karin. Doch an jenem Abend blieb es dabei.

Am darauffolgenden Morgen kam Maria zum Frühstück und half Karin beim Einräumen ihrer neu gestalteten, modernen Garderobbe. Maria staunt gewaltig über das, was da alles zum Vorschein kam. Für den kommenden Herbst und Winter müsste Karin jedoch noch einiges anschaffen, meinte sie.

Man sprach über vieles, nur die von Karin erwarteten, diskreten Fragen bezüglich Eduard blieben aus. Hatte sie vielleicht doch etwas übertrieben mit ihren Vermutungen.

Am Nachmittag machte sie dann, wie versprochen, einen Abstecher nach Paris um ihre engen Mitarbeiter, Jean-Luc und Bernard, zu begrüßen. Gleichzeitig würde sie mit ihrem neuen Chef, Alfons Durand, Bekanntschaft machen. Außerdem war ein erneuter Besuch bei Dumont unumgänglich, denn sie musste es ihm am Vorabend hoch und heilig versprechen.

Bevor sie bis zum Labor vordringen konnte, gab es an der Rezeption wieder etwas, wie ein minutenlanges Entengeschnatter. Dann und wann hätte man sogar auch noch das Gezwitscher andere Vogelarten vermutet. Dass sie nun auch einen Freund habe, hatte schon die Runde gemacht und, dass man ihren „Styl", ihren neuen „Look" umwerfend fand, und, und, und …!

Als sie die Tür zum Labor öffnete, schallte ihr gleich ein dreifaches Hurra!, entgegen und die Umarmungen nahmen kein Ende.

So stand sie nun da mit drei gewaltigen Blumensträußen auf dem Arm und wusste nicht, was sie anders sagen sollte, als:

„Danke, Jungs! Vielen, vielen Dank für euren Empfang!"

Nachdem sich der Empfangstumult etwas gelegt hatte, kam auch Durand endlich dazu, sich vorzustellen. Er kam Karin gleich sympathisch vor, denn auch so, wie er mit Jean-Luc und Bernard sprach und lachte, hätte man ihn nicht als Chef identifiziert.

Es hatte sich Einiges im Labor geändert seit der Zeit mit Dufour.

Karins Foto hing noch an der Wand über ihrem ehemaligen Arbeitsplatz, nur hatte man die Trauerschleife entfernt.

„Was ist das denn?! Wo habt ihr das scheußliche Ding denn hehr?!" Rief Karin aus, als sie das Bild bemerkte.

„Wieso scheußliches Ding? Wir fanden dich aber ganz schnuckelig da drauf! Außerdem hatten wir kein anderes." Erwiderte Jean-Luc.

„Ihr schmeißt mir das weg!!"

„Alles klar, aber unter der Bedingung, dass du uns ein anderes besorgst. Und zwar, in Pin-up Format!"

„Wenn der Chef damit einverstanden ist, mir ist das egal! Aber das schreckliche Ding muss weg! Ich sehe ja aus, wie eine Alte aus den dreißiger Jahren! Nur schade, dass ich keine Bilder aus dem Dschungel habe. So wie ich da aussah, das würde euch perversen Flegel bestimmt gefallen."

„Warst du vielleicht nackig …?"Flüsterte Jean-Luc ihr leise ins Ohr.

„Das sag ich dir nicht! Du kannst ja mal scharf nachdenken!" Kam laut die Antwort.

Ohne Zögern zog sie ihr Röckchen hoch und zeigte eine noch gut sichtbare Narbe am Oberschenkel.

„Siehst du das …? Das ist ein Andenken an den dritten Tag im Dschungel. Damit wäre ich fast draufgegangen! Dabei waren wir fast zwei Monate unterwegs! Verstehst du, was ich meine?" Sagte sie mit ernster Miene.

„Wow …! Das muss heftig gewesen sein!" Meinten nun doch alle drei.

„Ist ja auch egal. Ich bin wieder da." Sagte Karin idem sie einmal tief durchatmete. Dann erschien wieder das beliebte, schelmische Lächeln in ihren Zügen.

Man plauderte noch eine Weile und Karin versprach, bei Gelegenheit, ihnen die ganze Geschichte eingehend zu erzählen, denn nun musste sie ja noch zu Dumont.

Sie vermutete, dass aufs Neue, irgendwelches Grünzeug das Hauptgesprächsthema gestalten würde.

Bereits die Begrüßung mit Cathrin im Vorzimmer war bedeutend lockerer als vor einem Jahr, damals als Karin zum ersten Mal dort, gezwungenerweise antreten musste.

„Geh rein, er wartet schon auf dich." Sagte Cathrin, ohne erst mal selbst anzuklopfen.

Alles deutete darauf hin, dass er gelauscht hatte, denn, noch bevor Karin anklopfen konnte, öffnete er selbst die Tür und empfing sie mit seinem gewohnten: „Na wunderbar!" Und nach einer herzlichen Begrüßung bat er sie gleich, ihm gegenüber, am Schreibtisch platz zu nehmen.

Abweichend von Karins Vermutung, schienen die Pflanzen nun doch nicht zum wichtigsten Gesprächsthema zu werden.

„Kommen Sie Karin …, setzen wir uns doch gemütlich. Ich war heute scheinbar etwas zu lange auf den Beinen. Die alten Knochen wollen auch nicht mehr so hundert prozentig." Sagte er grinsend.

Karin rätselte, was er denn nun eigentlich mit ihr besprechen wollte. Er hatte sie etwas verwirrt. Sie wusste nicht recht, was sie zu seinen alten Knochen sagen könnte. Dann versuchte sie es mit:

„Ein Spaziergang durch den Regenwald wäre wohl nicht mehr das Richtige?" Meinte sie etwas zögernd.

„Nun …, interessieren würde es mich dennoch. Es dürfte allerdings nicht zu ausgedehnt sein. Eine halbe Stunde lang, würde ich es vielleicht doch noch schaffen." Ironisierte er. „Das Ding, meine liebe Karin …, das können wir vergessen!" Fügte er lachend hinzu.

„Sie haben recht, Monsieur Dumont, lassen wir das lieber."

„War ja auch nur ein Scherz …! Haben Sie denn schon Ihre Kollegen begrüßt?" Fragte er dann.

„Ja, soeben."

„Wie finden Sie denn den neuen Chef?"

„Och …, eigentlich ganz nett. Man scheint sich gut zu verstehen."

„Dann nehme ich an, dass man Sie bereits über den Rücktritt von Monsieur Dufour informiert hat?"

„Ja …, man hat es mir bereits in Brasilien mitgeteilt. Ich war sehr erstaunt, muss ich sagen."

„Ich habe mich damals mit unserem Personalchef unterhalten. Er meinte, man könnte vielleicht ihrem Kollegen Leroy den Posten übertragen, jedoch wäre dann das Labor unterbesetzt und einen jungen, unerfahrenen Laboranten dort einzusetzen, würde auch nicht viel bringen. Charlier war meiner Meinung, es wäre zu riskant. Dort können wir nur erfahrene Leute gebrauchen.

Wir haben uns daraufhin entschieden, Durand, behelfsmäßig hinzuzuziehen. Nun, Durand hat zwar die nötigen Fähigkeiten, doch ist es nicht sein Fach."

Karin begann langsam zu begreifen, was Dumont im Schilde führte. Nun erst erinnerte sie sich auf einmal daran, dass Dumont, vor ein Paar Wochen, bei seinem Besuch in Brasilien, von einer gewissen Überraschung gesprochen hatte.

„Als wir erfuhren, dass man Sie wiedergefunden hatte, habe ich Charlier vorgeschlagen, das, wenn Sie einverstanden wären, wir eher Ihnen, das Amt als leitende Person des Labors, anbieten sollten.

Charlier war einverstanden. Und nun liegt die Entscheidung in Ihrer Hand. Mehr kann ich nicht dazu sagen."

„Oh je, oh je, Monsieur Dumont …!! Ich bin dermaßen überrascht, ich weiß jetzt nicht was ich sagen soll!"

„Na dann sagen Sie doch einfach gar nichts. Nehmen Sie sich die Zeit nachzudenken. Es ist sowieso vorgesehen, dass Sie ihre Arbeit erst nach dem Sommerurlaub wieder aufnehmen."

Karin bedankte sich herzlichst und versprach Dumont, ihren Entschluss sobald wie möglich zu überbringen. Sie rief Max noch an, plauschte noch einwenig mit ihren Freundinnen an der Rezeption und wollte gerade das Gebäude verlassen, als Eduard ihr entgegen kam. Nachdem sie sich begrüßt hatten, kam er, zwar diskret, dennoch merkwürdigerweise, zur Frage, wie es Maria denn so ginge, seit dem Vortage.

Als Karin ihm sagte, dass man nicht weiter über ihn gesprochen habe, sagte er noch: „Grüße sie schön von mir." Dann ging er weiter.

Während der heimfahrt, dachte Karin darüber nach, ob er nicht doch auf etwas hinzielte. Vielleicht war ja auch Marias Schweigen absichtlich, nur damit selbst Karin, zumindest vorläufig, nicht auf krumme Gedanken kommen könnte.

Karin war nur neugierig. Eigentlich würde sie sich sogar freuen, wenn die beiden sich finden würden. Charaktermäßig passten sie gut zusammen und was beide wahrscheinlich noch nicht wussten, Sie waren beide ledig. Maria war Witwe seit einigen Jahren und Eduard hatte die Richtige bislang noch nicht gefunden.

Sie entschloss sich, Maria nun mal ganz diskret auf den Zahn zu fühlen.

Da Dumont ihr noch einen vollen Monat Pause angesagt hatte, wäre sie am liebsten gleich, zu ihren Eltern gereist, doch Max war noch nicht da.

Sie hatte zwar in ihrem ersten Brief, kurz auf einen Freund hingedeutet, doch das es eine ernste Sache sei hatte sie nicht verraten. Dies sollte eine Überraschung werden. Daher hatte sie ihren Eltern auch nicht mehr darüber berichtet, nur, dass sie nun so bald wie möglich nach Hause kommen würde.

An den folgenden Tagen, beschäftigte sie sich mit ihrem eigenen kleinen Haushalt, half Maria hier, und da, schlenderte durch die Kaufhäuser, und studierte ihren neuen Arbeitsvertrag.

Was Dumont und Charlier da zusammengestellt hatten, war äußerst attraktiv. Außer anderen Privilegien würde sich ihr Einkommen, annähernd verdoppeln.

Dennoch machte sie sich Gedanken darüber, wie sie als Chefin mit ihren Freunden auskommen würde. Würden sie dann auch noch Freunde bleiben? Sie würde es vielleicht schwer haben, beides unter eine Decke zu bringen, denn sie war von Natur aus nicht skrupellos. Sie hatte Charles Dufour noch nicht vergessen! So wie er, könnte, und würde sie jedenfalls, niemals auftreten.

Über eine Woche lang hatte sie Max tagtäglich angerufen, bis er ihr endlich, die gute Nachricht verkünden konnte. Die Duplikate seiner verlorenen Dokumente waren bei Charly angekommen. In einpaar Tagen, konnte nun auch er, die Reise nach Europa antreten.

Gleich, nachdem sie das Gespräch mit Max beendet hatte, rief sie Charly an, zunächst, um sich bei ihm nochmals, für seine Hilfe zu bedanken. Gleichzeitig nutzte sie den Anlass, ihm ihre Überlegungen bezüglich des Angebotes der Intermetal zu unterbreiten.

„Schlag zu, Karin …!"Riet er ihr spontan. „Eine derartige Chance, einen Sprung nach vorne zu kommen, wird man dir nicht jeden Tag anbieten. Mach dir mal keine Gedanken über deine Freunde. Du wirst schnell merken, ob es wirkliche Freunde sind. Ich bin mir sicher, dass du das Zeug hast diesen Posten zu besetzen! Lass dich von niemand einschüchtern, Karin …, geh deinen eigenen Weg!"

Charlys klare Ansage hatte sie überzeugt. Sie vertraute ihm, denn sie wusste, dass er ihr niemals, irgendwelchen Schwachsinn vorgaukeln würde. Und so lag ihr unterzeichneter Vertrag bereits, nur einige Minuten später, vor ihr auf dem Tisch.

Nur drei Tage später stand auch schon Max Ankunft in Paris fest. Zunächst hatte sie in Aussicht gestellt, ihren Geliebten per Taxi am Flughafen abzuholen, doch dann kam ihr ein besserer Gedanke.

Am darauf folgenden Tag fuhr sie, mit ihrem Vertrag in der Tasche nach Paris, wo sie wie geahnt, mit einem, „Na wunderbar!", empfangen wurde.

Dumont war begeistert:

„Für uns beide währe damit die Sache vom Tisch. Nun ist Charlier am Zuge, wie er mit Durand fertig wird, ist seine Sache. Jedenfalls steht schon jetzt fest, dass Sie Ihr Amt erst am ersten September antreten."
„Ich danke Ihnen vielmals, Monsieur Dumont."
„Schon gut, schon gut, Karin. Charlier hatte ja auch ein Wörtchen mitzureden, aber ich bin mir sicher, dass wir alle drei die richtige Entscheidung getroffen haben."

Nachdem man noch eine Weile über dies und jenes geplaudert hatte, spielte Karin die etwas bedrängte vor. Andeutungsweise leitete sie das Gespräch auf Max Ankunft hin.

„Aber Karin …, Sie wollen doch wohl nicht im Ernst, Ihren Max im Taxi herbei schurigeln?"
„Ich habe wohl keine andere Wahl."
„Na, na, na, meine liebe! Warum haben Sie mir denn Ihr Problem nicht gleich geschildert? Sie wissen doch, dass Sie jederzeit zu mir kommen können."
„Aber, Monsieur Dumont …, ich kann Sie doch nicht mit meinen privaten Problemen belästigen."
„Ach was, Karin …! Geben Sie einfach Cathrin die Ankunftszeit und damit ist die Sache erledigt. Eduard wird Sie zeitig zu Hause abholen."

Ihre Vorgehensweise hatte sich ausgezahlt und ihre Ahnung, dass sie den Alten um den Finger wickeln konnte, hatte sich wieder einmal bestätigt.
Mit diesem Ergebnis hatte sie nicht nur das Problem „Taxi" aus der Welt geschafft, sondern auch noch, Eduard die Möglichkeit besorgt, einpaar mal, sozusagen zwangsläufig, in Lagny vorzufahren.

Nun brauchte sie nur noch Maria, irgendwie durch die Blume, zu informieren. Gespannt war sie schon, wie diese reagieren würde.

Als Max nun auch bereit war die Reise anzutreten und er sich von seinen Freunden verabschiedete, sagte Charly.

„Machs gut Sportsfreund! Pass gut auf unsere Karin auf und mach keinen Blödsinn mehr! Ich hab dir einmal den Arsch gerettet, aber mehr ist nicht drin! Merk dir das!"
„Alles klar, Charly! Und nochmals vielen Dank für alles!"

Charly hatte ganze Arbeit geleistet. Max war nun mit seinen, überall in Europa gültigen Dokumenten, in Frankreich angekommen. Offiziell hieß er zwar nun wieder „Karl Klein", doch, Karin und er selbst, entschieden sich, weiterhin den Vornamen Max zu benutzen.

Auch Maria und Eduard waren sich, durch Karins heimliche Aktion, etwas näher gekommen, doch für eine feste Beziehung schien es noch nicht so ganz auszureichen.

Karin wollte und konnte sich nun auch nicht mehr um Maria und Eduard kümmern, denn Max war da und die Reise, sowie der Aufenthalt bei den Eltern musste vorbereitet werden.

Die Einkäufe waren getätigt, nun überlegte man, wie man am besten dort hingelangen würde. Mit ihrem doch vollluminösen Gepäck und allem Drum und Dran wäre die Reise mit der Bahn, dann dem Bus und von der Haltestelle, zu Fuß nach Hause, doch ziemlich anstrengend.

Letztendlich kamen sie auf die Idee, sich für einen Monat, einen Mietwagen aufzutreiben.

Als sie am Abend nach Hause kamen, war auch dieses Problem gelöst. Sie hatten kurzerhand einen Neuwagen gekauft. Da es aber nicht möglich war, diesen am nächsten oder selbst am übernächsten Tag, bereits fahrbereit übernehmen zu können, stellte ihnen das Autohaus ein ähnliches Fahrzeug, bis zu ihrer Rückkehr, zur Verfügung.

Karin hatte ihre Eltern telefonisch informiert, dass sie in den nächsten Tagen dort ankommen würde, doch wie und wann genau, sowie von Max, hatte sie nichts verraten, denn es sollte ja eine Überraschung werden.

Am nächsten Tag wurde frühzeitig, der Kofferraum mit Koffern, Taschen und sonstigem Krempel vollgestopft.

Fein sommerlich ausstaffiert verabschiedeten sie sich noch von Maria mit den Worten:

„Bis demnächst dann! Machs gut, Maria! Und wenn du Langeweile hast, ruf Eduard an!" Grinste Karin verstohlen. „Seine Nummer hast du ja …, nehme ich an!" Rief Karin ihr noch zu.

Dann machten sie sich auf den Weg nach „Pommeraie", wo man sie bereits, oder auch noch gar nicht, erwartete.

22

Es war kurz vor Mittag. Das Mittagessen stand bereit und die Mutter war dabei den Tisch zu decken.

„Wenn ich wüsste, dass die Kleine mit dem zwölf Uhr Bus kommt, würde ich gleich für sie mit anrichten. Sie ist bestimmt hungrig, wenn sie hier ankommt. Sie muss ja auch noch, von da unten, den ganzen Weg ihre schwere Tasche schleppen."

„Was hat sie dir denn am Telefon gesagt? Wollte sie denn schon heute Mittag hier sein?"

„Nein, das nicht. Sie wusste gestern selbst noch nicht genau, wann sie hier sein würde."

„Na gut …, dann warten wir eben einpaar Minuten mit dem Essen. Wenn sie mit diesem Bus kommt, dann kann sie gegen Viertel nach, hier sein." Meinte Antoine.

Vorsichtshalber hatte die besorgte Mutter trotzdem einen Teller und Besteck bereitgestellt. Doch auch um halb eins, war von Karin noch nichts zu sehen und etwas betrübt, setzten sich die Eltern dann doch zu Tisch.

Obwohl Germaine, ein etwas besonderes Mahl zubereitet hatte, wollte es nicht so recht munden.

„Sie kommt bestimmt erst mit dem nächsten Bus um vier Uhr."

Gegen drei Uhr passierten Karin und Max die Bushaltestelle und bogen in den Weg nach „Pommeraie" ein. Karin hatte sich einen Plan ausgedacht, wie sie die beiden am besten überraschen könnten.

„Fahr gemütlich durch bis zum letzten Haus, dann wenden wir, kommen zurück und halten auf der anderen Straßenseite, beim Haus des Nachbarn." Erklärte Karin. „Dort warten wir einen Augenblick, bevor wir aussteigen. Mal sehen was passiert."

Der Verkehr durch das kleine Dörfchen war eher spärlich und das Geräusch eines vorbeifahrenden Autos ließ jedes Mal aufhorchen und lenkte gewohnheitsmäßig den Blick zum Fenster. So hatte auch Germaine, in Gedanken versunken, die unweit vom Fenster saß, flüchtig einen Wagen gesehen.

„War das ein Taxi? Sie könnte ja ein Taxi genommen haben." Meinte Antoine.
„Nein, das war kein Taxi, ein gewöhnliches Auto. Ist ja auch nur vorbeigefahren."

Als der gleiche Wagen dann kurz darauf in die entgegensetzte Richtung, zurückkam und gegenüber beim Nachbarn anhielt, wurden die beiden doch neugierig.

„Wer könnte das denn sein?" Überlegte Antoine.
„Da sitzt ein junges Pärchen drin …, kenn ich nicht! Die kommen wahrscheinlich zu ihnen drüben, oder die haben sich verfahren." Mutmaßte Germaine.

Max stieg als Erster aus, schaute sich um, reckte und streckte sich erst mal, derweil stieg auch Karin aus.
Die Neugier zwang nun auch Antoine von seinem Stammplatz am Herd und beide beobachteten gespannt das Geschehen gegenüber. Von ihrer geliebten Tochter hatten sie noch ein deutliches Bild im Gedächtnis und sie waren dermaßen auf jene Darstellung fixiert, dass sie nicht ahnten, was da auf sie zukam.

Sie sahen einen jungen Mann, modern, sportlich und dennoch elegant gekleidet und eine junge Dame, mit schulterlangem Haar mit hellen Strähnchen, kurzes luftiges Sommerkleidchen und feinen, silberglänzenden Stöckelsandalen.

Karin hatte die beiden schon gesehen, wie sie zwischen den diskret verschobenen Gardinen die Köpfe zusammensteckten.

„Wir werden beobachtet!", sagte sie leise zu Max., „Weiß du Max, wir spielen noch ein wenig die Unbekannten."

Karin tippelte hastig um den Wagen herum, öffnete eine Tür, beugte sich kurz ins Innere, schloss wieder die Wagentür und ging zu Max, der angeblich etwas im Kofferraum suchte.

„Wo kommen die denn hehr? Die hab ich aber noch nie bei ihnen drüben gesehen." Sagte Germaine.

„Och ..., wer weiß." Meinte Antoine gelassen.

Dann glaubte Karin dem Spielchen prompt ein Ende zu bereiten und winkte ihren Eltern zu. Doch scheinbar hatten diese, ihre eigene Tochter immer noch nicht erkannt.

„Geh zurück, Antoine! Die Dame hat uns gesehen!" Schrak Germaine auf.

Nun ging Karin geradewegs auf die Haustür zu.

„Die kommt zu uns ...!! Mein Gott, es kann ..., es kann unsere Karin doch nicht sein!!"

Als sie fast an der Haustür angekommen war, schaute Antoine nochmals hinaus, drehte sich um und blieb einen Augenblick wie versteinert stehen. Dann sagte er mit zitternder Stimme:

„Doch, Germaine …, das ist unsere Karin!" Und eine dicke Freudenträne kullerte über seine Wange.

Die beiden erwachten plötzlich wie aus einem Traum und ihre Bewegungen wurden hastig.

Germaine stürmte aus der Küche zum Eingang und Antoine humpelte ziellos herum. Er suchte noch nach seiner Mütze, die genau betrachtet, vor seinen Augen auf dem Tisch lag.

Germaine kam nicht bis zur Haustür, denn Karin kam ihr schon im Flur entgegen. Dann kam auch Antoine eiligst hinzu. Er hatte die Suche nach seiner Mütze ergebnislos abgebrochen.

Max war bescheiden auf der Schwelle stehen geblieben und beobachtete das herzzerreißende Wiedersehen. Alle drei fielen sich gemeinsam in die Arme, das Schluchzen und Wimmern wollte kein Ende nehmen und die Freudentränen wollten nicht versiegen.

Letztendlich gelang es Karin, sich einigermaßen zu fassen. Immer noch schluchzend rief sie:

„Mama …, Papa …! Da bin ich wieder …! Wie geht es euch?"
„Uns geht es gut, mein Kind! Und dir, wie geht es dir?" Fragte Antoine.

„Wie ihr seht, mir geht es bestens."

„Mein Gott, Karin, wie hast du dich verändert! Ich, deine Mutter …, ich habe mein eigenes Kind nicht wiedererkannt!!

Wir hatten die Hoffnung, dich wiederzusehen, schon aufgegeben, dann kam dein Brief aus …, aus …, aus dem Land, wo du warst."

„Brasilien, Mama!"

„Ach ja …, ich vergesse immer den Namen. Das ist so weit!"

„Aber …, Mama und Papa, kann ich euch meinen Freund vorstellen, er heißt Max."

„Ach du lieber Himmel, Karin …! Und wir lassen den Ärmsten draußen stehen!

Nun kommen Sie schon, junger Mann, Sie sind herzlich willkommen!" Rief Germaine.

Antoine schien auch erfreut über Karins Bekanntschaft und zeigte sich gleich etwas familiärer als Germaine.

„Komm rein, Max, nur nicht so schüchtern, junger Mann! Der Freund unserer Tochter ist auch unser Freund. Ich bin übrigens Antoine, ihr Vater …, komm rein Junge!
Kommt alle rein in die gute Stube …! Setzen wir uns doch, meine alten Knochen mögen es nicht mehr sehr lange aufrecht zu stehen.
Das darf doch nicht wahr sein, hier liegt sie ja, meine Mütze!" Brummelte er vor sich hin, als sie sich, durch die Küche ins Wohnzimmer begaben.

„Es freut uns, dass du nun auch einen Freund gefunden hasst!" Sagte Germaine. „Wie lange kennt ihr euch denn schon?"
„Wisst ihr, das ist eigentlich eine lange Geschichte. Wir werden euch am besten, mal alles nach und nach erzählen. Wir kennen uns sozusagen, seit dem Tag meiner Ankunft in Brasilien. Eines kann ich euch verraten: Wenn Max nicht bei mir gewesen wäre, dann wäre ich heute bestimmt nicht hier.
Während der Zeit im Urwald hat er mir, nicht nur einmal das Leben gerettet."

Karin legte ihren Arm über Max Schultern und küsste ihn zärtlich auf die Wang.

„Ist doch so?" Meinte Karin.
„Nun ja …, das stimmt schon. Aber, ich kann dazu nur sagen: Die Karin ist aber auch die klagloseste, tapferste Frau, die ich je gekannt habe!"
„Mein Gott …! Wie können wir dir nur danken, mein Junge??" Sagte Germaine. Und wieder kullerten einige Tränen über ihre Wangen.

„Kannst du mir mal meine Tasche aus dem Wagen hohlen?"
Fragte Karin.

„Klar …, meinst du nicht, dass ich gleichzeitig den Wagen vors Haus bringen soll? Es ist nicht besonders artig, unsere Karre vor Nachbars Haustür stehen zu lassen. Auch zum Ausladen wäre es doch vernünftiger."

„Ja mach das, dann schleppen wir mal alles rein."

Als Max gegangen war, meinte Germaine etwas zögernd:

„Aber Karin …, wie machen wir das bloß, wir haben doch kein Zimmer für deinen Freund Max?"

„Aber Mama …! Wie stellst du dir das vor? Max und ich, wir schlafen doch schon seit Monaten zusammen!"

„Oh mein Gott …!! Seit ihr schon soweit??"

„Ja, ja, Mama, wir sind schon so weit! Ich weiß, was du meinst. Wenn es dich beruhigt, wir überlegen, vielleicht nächstes Jahr zu heiraten. Aber mach dir keine Sorge, ich bin und bleibe immer noch euere kleine Karin."

Das Gespräch wurde augenblicklich unterbrochen, als Max mit Karins Unterarmtasche eintrat.

Antoine hatte bislang die eher vertrauliche Unterhaltung, zwischen Mutter und Tochter, stillschweigend verfolgt.

Karin nahm ihre Tasche lächelnd entgegen und sagte:

„Im Gepäck haben wir noch einpaar Andenken aus Brasilien für euch. Hier hab ich, aber schon was, für euch beide."

Sie zog einen, etwas plump erscheinenden, Briefumschlag hervor und reichte diesen ihrem Vater. Antoine öffnete das Päckchen vorsichtig, warf einen kurzen Blick auf den Inhalt, atmete kurz wie erschrocken auf, und reichte, ohne ein Wort zu sagen, das Überraschungsgeschenk an Germaine weiter.

Germaine schrie auf, als sie erfasste, was sich in den unscheinbaren Umschlag befand.

Es waren Euroscheine, welche und wie viele es waren, trauten sie sich noch gar nicht festzustellen.

Und dann brach erneut eine Welle des Umarmens und der Tränen aus. Max stand lächelnd daneben, bis auch er von den beiden regelrecht überfallen wurde.

Nachdem das Schlimmste überstanden war, begann man den Kofferraum auszuräumen. Max transportierte Koffer und Taschen bis in den Hausflur, während Karin begann, das Gepäck die Treppe hinauf zu schleppen.

„Nimm das leichte Zeug, ich bring die schweren, Sachen nach." Sagte Max.

Germaine schaute Karin zu, wie sie mit den Taschen die Treppe hochging. Als sie wieder herunterkam, sagte Germaine fast wie erschrocken:

„Oh, Karin …! Wenn du da hochgehst, sieht man bis zum Popo!"

„Was du nicht sagst, Mama!" Meinte Karin gelassen.

„Mein Gott, was sagt Max dazu, dass du so kurze Röcke trägst? Ich versteh das einfach nicht! Wie kannst du nur so herumlaufen?"

„Frag ihn doch mal."

In dem Augenblick kam Max mit dem letzten Gepäckstück in den Flur und machte die Tür zu.

„Was soll sie mich fragen?"

„Och, Max, nichts weiter …, ich hatte ihr nur eine Bemerkung gemacht."

„Die hab ich auch gehört!!" Rief Antoine aus der Stube.

„Mama sagte, sie hätte mein Popo gesehen!"

„Hab ich auch schon …, schon öfters! Tolle Sache, was?" Meinte Max laut lachend. „Ach …, wissen Sie Germaine, es ist

189

sozusagen ein Überbleibsel aus dem Regenwald, wenn ich das Mal so erklären kann.

Mit der Zeit hatte die Urform ihres Kleides irgendwie einen Wandel erfahren. Eines Tages hing sie mit den Überbleibseln in einem Strauch fest. Was glauben Sie wohl, was sie gemacht hat? Sie hat die Hudel einfach mit dem Buschmesser abgeschnitten.

Das hat sie dermaßen erleichtert damals, sie hat sich so daran gewöhnt, dass sie es nun nicht mehr lassen kann.

Ich kann ihr es doch nicht verbieten! Sie sagt immer: „Ist ja auch egal."

„Ach so ist das …! Dann bist du ja auch nicht schuld daran." Sagte Germaine zu Max.

„Nee, nee …, Germaine! Ich kann nichts dafür! Trotzdem, ich finde, das steht ihr gut, sie hat, meines Erachtens nach, jedenfalls die passenden Stelzen dazu!"

„Dann soll sie wenigstens aufpassen, wenn sie eine Treppe hochgeht!"

„Na ja, Germaine, das könnte allerdings manchmal ein Problem darstellen. Aber keine Sorge, ich werde sie gegebenenfalls, an Ihre Worte erinnern."

Antoine hatte die Auseinandersetzung aus dem Hintergrund mit verfolgt. Er hatte inzwischen seinen Platz in der Stube verlassen und hinkte gemütlich herbei.

„Habe ich was verpasst?" Fragte er. „Ich hab da was von „Popo" gehört!"

Doch er wurde sogleich von Germaine in die Küche verwiesen.

„Na dann eben nicht!" Murmelte er und humpelte davon. Als er am Küchentisch vorbei ging, blieb er einen Augenblick stehen. „Was macht meine Mütze denn hier auf dem Tisch?" Rief er noch, dann setzte er sich auf seinen Stuhl am Herd und rief noch nachträglich:

„Ich hab genau gehört, worüber ihr geplappert habt!"

In den darauf folgenden Tagen boten Karin und Max den Eltern, mehrfach die Gelegenheit, ihre vier Wände für einige Stunden zu verlassen und die breite Umgebung zu besichtigen. Man fuhr in die Stadt, besichtigte diese und jene Sehenswürdigkeit, machte Einkäufe, oder fuhr hinaus in die umliegenden Wälder.

Alles das, wovon sie immer nur geträumt hatten, selbst als sie noch jung und rüstig waren, ging nun in Erfüllung. Ihre Fortbewegungsmittel, mit welchen alles bewältigt werden musste, waren Fahrrad und Bus gewesen.

Diesen Sommermonat konnten sie endlich in vollen Zügen genießen. Wenn ihre „beiden" Kinder auch bald wieder abreisen mussten. Man versprachen, da sie ja nun ein eigenes Fahrzeug besaßen, öfters, wenn auch nur für einpaar Tage, vorbeizuschauen.

Als der Monat August zu Ende ging und die Abreise bevorstand, meinte Antoine eines Abends:

„Was meinst du, Germaine? Unter diesen Bedingungen könnte man doch, was die Kleidung unserer Tochter angeht, ein Auge zudrücken, eventuell auch alle beide, wenn sie zufällig irgendwo hoch strampelt!"

Ein scharfer, vielsagender Blick in Richtung Antoine, war Germaines spontane Antwort auf sein, ebenfalls bedeutsames Gestichel. Nach kurzem Schweigen allerseits brach dann doch noch, ein heftiges Gelächter aus.

23

Nach dieser verlängerten Erholungspause übernahm Karin nun, am ersten September, ihre neue Funktion als Leiterin des Labors.

Noch war der Raum dunkel, sie war doch etwas aufgeregt als sie die Tür, nach so langer Abwesenheit, zum ersten Mal öffnete. Sie fühlte wie eine Last auf ihren Schultern, denn erst jetzt wurde sie sich plötzlich dessen bewusst, dass sie ab nun die Verantwortliche und die höchstgestellte Person in diesen Räumlichkeiten war.

Sie sah sich einen Augenblick um, noch stand sie alleine da und es herrschte eine, irgendwie beklemmende Stille. Dann öffnete sie die Tür zu ihrem neuen Arbeitsplatz, das ehemalige Heiligtum ihres Erzfeindes, Charles Dufour. Sie suchte eiligst im Halbdunkeln nach dem Lichtschalter und fasst hätte sie laut geschrien, denn plötzlich überfiel sie der Gedanke, dass dieser doch noch aus einer dunklen Ecke auftauchen könnte!

Als sie den Schalter gefunden hatte und das Büro hell erleuchtet war, musste sie doch erst einmal heftig durchatmen.

Nachdem die ersten Emotionen ein wenig abgeklungen waren, setzte sie sich an den Tisch und versuchte sich einen ersten Überblick zu verschaffen.

Der erste der kurz vor acht auftauchte, war Alfons Durand. Karin hatte ein mulmiges Gefühl gerade ihm gegenüberzutreten. Sie befürchtete, dass er nicht so ganz mit der Endscheidung der Obrigkeit einverstanden sein könnte. Doch es kam anders. Durand grüßte sie mit einem breiten Lächeln und einer freundlichen Handbewegung durch die Glasscheibe.

Etwas bedrückt erhob sie sich und ging zu ihm hinaus in den Arbeitsraum. Man begrüßte sich erneut mit einem Händedruck.

„Es tut mir so leid, dass man dir die Leitung nicht anvertraut hat!" Entschuldigte sich Karin gleich nach der Begrüßung.

„Ach, was ...! Mach dir keine Vorwürfe deswegen! Erstens haben wir sowieso keinen Einfluss auf deren Entscheidungen und zweitens hatte ich auch eigentlich kein Bock auf den Papierkram."

„Danke Alfons, du nimmst mir da einen Stein vom Herzen! Ich war heute Morgen richtig beunruhigt."

„Alles klar, Karin! Kein Problem!"

Die beiden hatten sich gerade ausgesprochen, als Jean-Luc und Bernard eintraten.

„Halli, hallo, Chefin! Da sind wir ...!"Rief Jean-Luc und indem er sie umarmte, fügte er hinzu: „Eine Minute zu spät, das wird ein Nachspiel haben!" Bernard begnügte sich mit einer kurzen, freundlichen Umarmung und einem zögernden: "Guten Morgen, Karin! Schön, dass du da bist"

„Sag mal, Jean-Luc ..., das Bild da an der Wand, hatte ich nicht ...?"

„Och nehhh, Karin ...! Wir haben doch kein anderes!" Unterbrach Jean-Luc.

„Wenn es denn sein muss ..., ich besorge euch ein besseres, aber das da ..., muss weg ...! Heute noch!!"

„Höret ..., die Chefin hat gesprochen!!" Antwortete Jean-Luc.

„Nun mal was anders ..., Alfons, könntest du denn vielleicht mal für einpaar Stunden, mit mir das Büro etwas in Ortung bringen?"

„Es wäre vielleicht besser, wenn Jean-Luc das übernehmen könnte. Er kennt sich da besser aus." Meinte Alfons.

„Ach so …, ich dachte, du wärst der Verantwortliche hier?"
Fragte Karin erstaunt. „So wie man mir sagte."

„Sag du doch mal was, Jean-Luc!" Meinte dazu Alfons, sichtbar etwas blümerant.

„Nun ja, Karin …, ehrlich gesagt, offiziell war Alfons der Chef, aber nur förmlich. Eigentlich hab ich mich immer um den Papierkram gekümmert."

„Ja, ja, ja …, ich verstehe! Ihr ward also alle drei Chef."

„So könnte man es auch sagen." Meinte Jean-Luc.

„Na dann …, mir soll's recht sein. Dann komm du einfach mit. Ihr beide könnt ja in der Zwischenzeit da weitermachen, wo ihr vor einem Monat aufgehört habt. Sobald wir da drinnen fertig sind, sehen wir dann weiter."

Glücklicherweise wusste Jean-Luc, in etwa Bescheid, über das Wichtigste, was da im Büro herumlag.

Sie hatten kaum eine halbe Stunde lang sortiert und aufgeräumt, als das Telefon sich meldete. Es war immer noch Dufours schreckliches Vogelgezwitscher, das da erklang und Karin vor schreck, gleichsam an die Decke gehen ließ.

„Karin Laroche …", antwortete sie zögernd.

„Einen schönen guten Morgen, Mademoiselle Laroche …! Hier Charlier. "

„Oh …! Monsieur Charlier, einen schönen, guten Morgen auch meinerseits."

„Hätten Sie vielleicht einpaar Minuten Zeit, wenn möglich, heute Vormittag um bei mir vorbeizuschauen?"

„Selbstverständlich, Monsieur Charlier, ich bin schon so gut wie unterwegs."

„Muss aber nicht gleich sein. Nehmen Sie sich Zeit."

Gleich, nachdem sie aufgelegt hatte, fragte sie Jean-Luc:

„Kann man diesen Klingenton auf dem Ding da nicht ändern? Dieses scheiß Gezwitscher, geht mir auf den Zeiger!"

„Oh, ich glaube nicht, jedenfalls von hier aus nicht. Frag mal unsern Telefon Fritzen da unten, vielleicht kann der was machen."

„Mach ich auch nachher.

Kannst du mal alleine weitermachen? Ich geh mal schnell zu Charlier. Mal sehen, was er für uns auf Lager hat."

Wenige Minuten später klopfte Karin bei Charlier an. Als sie eintrat, erhob sich Charlier, kam ihr entgegen und begrüßte sie mit einem festen Händedruck. Eine für Karin ungewohnt lockere Atmosphäre herrschte im Raum. Charlier erschien ihr an jenem Morgen, wie eine ganz andere Persönlichkeit als damals.

Er bat sie doch Platz zu nehmen und ging erst zu seinem Sessel zurück, nachdem sie sich gesetzt hatte. So galant hatte er sich, zumindest ihr gegenüber, noch nie verhalten.

Doch war es nicht Charlier, der sich verändert hatte, es lag eher daran, dass Karin ihren neu erworbenen Status noch nicht so ganz erfasst hatte. Sie war nun mal, keine einfache Angestellte mehr.

Nachdem man sich noch eine Weile über private Dinge, wie den Verlauf des Urlaubes, die Gesundheit der Eltern und Sonstiges unterhalten hatten, sagte Charlier:

„In einpaar Wochen, wenn Sie sich erst einmal eingearbeitet haben, sollten wir uns vielleicht mal über Alfons Durand unterhalten. Wenn Sie feststellen, dass er möglicherweise für Ihre Ansprüche tauglich ist, könnten wir ihm eventuell ein Angebot unterbreiten. Finden Sie nicht auch, dass mit zwei Laboranten ihre Einheit doch etwas unterbesetzt ist?"

„Nun ja …, vorher waren wir ja auch zu dritt. Wenn sie meinen, kann ich ihn ja, in nächster Zeit, mal etwas genauer beobachten."

„Ja …, versuchen Sie herauszufinden, was er so kann und wie er sich, im Allgemeinen verhält.

Was ich Ihnen noch sagen wollte …, Monsieur Dumont sprach mir von Ihrem Freund. Er sagte mir, dass Ihr Freund, drüben beim

Sicherheitspersonal angestellt war. Ich habe mir mal überlegt, wenn es ihm passen würde, könnte ich ihm hier, eine Stellung mit gleicher Funktion anbieten. Ich muss sagen, Monsieur Dumont schien sehr interessiert."

„Ich kann ihn ja mal darauf ansprechen. Es würde ihn bestimmt freuen. Die Arbeit drüben gefiel ihm jedenfalls."

„Gut ..., tun Sie das."

„Ich danke Ihnen vielmal, Monsieur Charlier!"

„Ach, nichts zu danken, Karin ...! Sie erlauben mir doch, dass ich Sie mit Ihrem Vornamen anspreche?"

„Aber gewiss, Monsieur Charlier!"

„Dann lasse ich Sie mal wieder an Ihre Arbeit. So wie ich die Zustände da unten vor Augen habe, werden Sie noch einiges zurechtbiegen müssen. Ich kann Ihnen nur Mut und Kraft zusprechen. Wenn Sie ein Problem haben, zögern Sie nicht anzurufen, oder kommen Sie einfach vorbei. Ich werde Ihnen gerne weiter helfen."

Erleichtert verließ Karin das Büro des, im allgemeinen, berüchtigten Monsieur Charlier.

Wieso ist der plötzlich so freundlich geworden? Überlegte Karin. Vielleicht versucht er sich nur, bei Dumont einzuschleimen.

Karins drei „Untertane" hatten beschlossen ihr Mittagsmahl, ausnahmsweise, nicht im Speiseraum des Hauses einzunehmen. Sie hatten, zur Feier des Tages und als Begrüßungsgeschenk, ihre Chefin, zum gemeinsamen Mittagessen auswärts eingeladen.

Dass diese heitere junge Dame das Oberhaupt der kleinen Gesellschaft sein könnte, hätten die Gäste rundum, wohl kaum herausgefunden.

Nach dieser kameradschaftlichen und aufgeheiterten Pause machte man sich wieder an die Arbeit.

Karin und Jean-Luc verbrachten noch den ganzen Nachmittag mit dem Überarbeiten und neu gestalten des Büros. Am Ende des ersten Arbeitstages hatten sie dann doch das Gröbste geschafft und sie konnten zufrieden dem Feierabend entgegen sehen.

Max wartete bereits in der Empfangshalle. Nachdem er sich kurz, mit den Hostessen unterhallten, hatte, setzte er sich gemütlich in einen der behaglichen Sessel unter einer Palme. Er hatte soeben begonnen, in einer Zeitschrift herumzublättern, als sich die Tür einer der Lifte öffnete und Karin mit ihrer Belegschaft, nicht ganz lautlos ausstieg.

„Bis Morgen dann, ihr Helden!" Rief sie den drei noch nach, dann wurde sie liebevoll von Max empfangen.

Während der Heimfahrt wurde dann der Tagesablauf kommentiert und Max erfuhr, dass ihm demnächst wahrscheinlich ein Arbeitsplatz angeboten würde.
Als sie in Lagny in ihre Straße einbogen, bemerkte Karin gleich einen schwarzen Wagen vor ihrer Tür.

„Da hält aber ein bekanntes Auto in der Nähe!"
„Dreimal darfst du raten. Er ist schon, seit einpaar Stunden da."
„Hatte ich mir doch gedacht! Da hat sich scheinbar einiges getan, während wir in Urlaub waren."

*

Epilog.

Zwei einsame Herzen hatten sich gefunden. Wie Maria und Eduard, ihre gemeinsame Zukunft gestallten würden, lag nun einzig und allein in ihren Händen.

Die bislang schwer geprüften Eltern, Germaine und Antoine Laroche, konnten nun einen wunschlosen Lebensabend genießen.

Max, der abtrünnige Abenteurer, hatte dank Karin, den Weg zurück in die Zivilisation gefunden. Ein Jahr später heiratete Karin ihren Entführer und die beiden zogen nach Paris in ihre eigene Wohnung. Sie selbst war für die Intermetal, zu einer wichtigen Persönlichkeit herangereift.

Ob bewusst oder unbewusst, direkt oder indirekt, „ist ja auch egal", wie sie zu sagen pflegte.

Letztendlich war es sie, Karin Laroche, das schlichte Mädel vom Land, die zu alle dem beigetragen hatte.

Über tredition

Der tredition Verlag wurde 2006 in Hamburg gegründet. Seitdem hat tredition Hunderte von Büchern veröffentlicht. Autoren können in wenigen leichten Schritten print-Books, e-Books und audio-Books publizieren. Der Verlag hat das Ziel, die beste und fairste Veröffentlichungsmöglichkeit für Autoren zu bieten.

tredition wurde mit der Erkenntnis gegründet, dass nur etwa jedes 200. bei Verlagen eingereichte Manuskript veröffentlicht wird. Dabei hat jedes Buch seinen Markt, also seine Leser. tredition sorgt dafür, dass für jedes Buch die Leserschaft auch erreicht wird.

Autoren können das einzigartige Literatur-Netzwerk von tredition nutzen. Hier bieten zahlreiche Literatur-Partner (das sind Lektoren, Übersetzer, Hörbuchsprecher und Illustratoren) ihre Dienstleistungen an, um Manuskripte zu verbessern oder die Vielfalt zu erhöhen. Autoren vereinbaren unabhängig von tredition mit Literatur-Partnern die Konditionen ihrer Zusammenarbeit und können gemeinsam am Erfolg des Buches partizipieren.

Das gesamte Verlagsprogramm von tredition ist bei allen stationären Buchhandlungen und Online-Buchhändlern wie z. B.

Amazon erhältlich. E-Books stehen bei den führenden Online-Portalen (z. B. iBook-Store von Appele) zum Verkauf.

Seit 2009 bietet tredition sein Verlagskonzept auch als sogenanntes „White-Label" an. Das bedeutet, dass andere Personen oder Institutionen risikofrei und unkompliziert selbst zum Herausgeber von Büchern und Buchreihen unter eigener Marke werden können.

Mittlerweile zählen zahlreiche renommierte Unternehmen, Zeitschriften-, Zeitungs- und Buchverlage, Universitäten, Forschungseinrichtungen, Unternehmensberatungen zu den Kunden von tredition. Unter www.tredition-corporate.de bietet tredition vielfältige weitere Verlagsleistungen speziell für Geschäftskunden an.

MIX

Papier | Fördert
gute Waldnutzung

FSC® C083411

Zeitfracht Medien GmbH
Ferdinand-Jühlke-Straße 7
99095 Erfurt, Deutschland
produktsicherheit@kolibri360.de